新 潮 文 庫

冥界からの電話

佐藤愛子著

新 潮 社 版

11470

冥界からの電話

1

　これから記述する話は古くからの友人である小児科医高林圭吾《たかばやしけいご》先生の体験です。高林圭吾という名前は、この記述を始めるに当って筆者が考えた仮名です。というのは、先生の経験をここに書くことによって、医師としての先生に何らかの形で迷惑がかかるかもしれないことを怖《おそ》れるからです。この記述はすべて事実ですが、登場人物の名前と地名の一部は仮の名にしました。内容にはいささかの虚構も誇張もありません。それは二〇一二年の春から現在までつづき、ここで終るのか、まだつづくのか、終るかも知れないし、終らないかも知れない。実際に終ったかと思っていると忘れた頃にまたつづくという状況にあり、筆者はとりとめもなく行き先のわからない旅路に出たような、不安定な気持で筆を執った次第です。

　高林先生は大学病院の勤務医を経て、四十歳で独立して生れ育った北陸の小都市B市に診療所を開きました。小児アレルギーを主とする専門医として高林先生の診療は評判がよく、開業して暫《しばら》くすると、小児ばかりでなく、老人も若者も男性女性の患者が押し寄せるようにやって来て、一日の診療が終るのは夜の十一時近くなることもあるほどでした。

その理由は高林先生の患者に対する「熱意」に尽きます。高林先生はまことに熱血の人なのです。苦しんでいる人を見たら、ほうっておけない人なのです。患者の中には、どう手を尽くしても快方に向かわない人がいます。高林先生はそのことに悩み、西洋医学の限界を感じた末、東洋医学、針灸《しんきゅう》を学び、さらにその探究心は心霊科学にも及んだのでした。

彼はいつも忙しい人でした。分秒を惜しむようにせかせかと歩く。患者と話す声は熱血の人らしく高く大きく、十分に理解させようとして多弁になる。熱意のあまりいうことを聞かない患者を遠慮もなく叱《しか》りつけることも間々あって、患者の中には「怖い先生」といって足が遠のく人もいるけれど、そういう人でもいつかまた戻って来るのは高林先生の人徳というものでしょう。

以上が高林先生についての概略ですが、ここで筆者は彼についてもう少し説明をする必要を感じました。というのは、これからお話しする不思議というか奇怪というか、容易に信じてもらえないような出来ごとの、彼は主人公だからです。余人は知らず高林先生だからこそ、こういう経験をさせられたのだろうと考えるからです。

高林先生の両親は教育者でした。父君はたいそう信心深い人でしたがその信仰は仏教でもキリスト教でもなく、御嶽教《おんたけきょう》という神仏習合の、極めて土俗的なもので、月に何回か降霊会を開いていました。そのやり方はまず何人かが集って神棚に向って神詞《のりと》と般若心経《はんにゃしんぎょう》を唱えます。その後「中座《なかざ》」といわれる人が神棚を背に座り、その前に「前座《まえざ》」が対峙《たいじ》して、十字を切ったり印を結んだりして「中座」に神を降ろします。すると中座の人が持っている御幣《ごへい》が上に上り、中座の人と神とが一体になったことを知らせる。神は中座の口を借りて、名乗りを上げ、前座は相談者の代りに今困っている問題を話して解決法を尋ねたり、願いを叶《かな》えてもらえるかどうかのお伺いをする。そういったものです。

高林先生はその人たちの後ろで、いつもその光景を見て育ちました。そして神の存在を信じ、超能力を当たり前と思う青年に成長しました。そのうち（昭和四十六年四月十八日）、前日まで元気であった父君が朝、床の中で冷たくなっていました。四十三歳の若さで亡《な》くなったのです。高林先生は高校二年になったばかりでした。彼は大きなショックを受けました。若い高林先生は父君の土俗的信仰を心のどこかで軽く見るようになり、超能力なんてものが「野狐禅《やこぜん》」として極めて低いものだと考え始めたのでした。父の若い死は、冬でも水をかぶったり、降霊会ではいつも前座を務め神を呼ぶために油汗を流すなどの修行に打ち込んだために寿命を縮めたのだと考えて、土俗的信仰の低級さを祖母や母にいい立てたりしたのでした。

高林先生の父君は自分が死んだ時の供養《くよう》は神道《しんとう》でも仏教でもどちらでもいいとかねがねいっていました。父の死を悲しく腹立たしく思いながら、高林先生は父の供養として父が信仰心を持っていた弘法大師《こうぼうだいし》像を毎日拝んでいました。

そんなある日、彼は一人、弘法大師像の燈明《とうみょう》を灯《とも》して光明真言《こうみょうしんごん》を唱えていました。するとその最中に、パチッという音とともに燈明の火が大きく膨らんで光り耀《かがや》き、その中にいくつもの玉のようなものが出たり入ったりし始めました。彼は何度も目をこすったり首を振ったりしましたが、その光はなかなか消えません。それはたとえようのないほど美しい光景だったということです。

その時から、高林先生は人のまわりに光が見えたり、自分の手から光が溢《あふ》れて色々な色が噴水のように飛び散るさまが見えたりするようになりました。そしてその手の光の噴水を他人が痛がっているところや苦しいところに当てると、間もなく苦痛が消えていくのでした。またある時は友だちの足首に出来たガングリオン（腫瘍《しゅよう》）を見て

いるうちに、そこに手を当てたくなって来て、思わず手を当てて念を凝らすと、

「あ、消えた！」

という素頓狂《すっとんきょう》な叫びが上って、腫瘍がきれいに消えていたこともありました。熱を出した赤ちゃんやら食中毒の娘さんなど、頼まれて手を当てれば即座によくなるので、方々から治療の依頼が来て忙しくも楽しい、充実した日々がつづきました。しかし、その力は三、四か月も経《た》った頃から次第に衰えて、やがて消滅したのでした。なぜそんな力が現れたのか、なぜ消滅したのか、何もわからないままに彼は普通の青年に戻ったのでした。

高林先生十七歳のある日、たまたま本屋の立ち読みで、彼は一篇の詩に出会いました。その詩がぼくの生涯を決定づけたと言えます、と先生は筆者に述懐しました。

この夜半おどろきさめ
耳をすまして西の階下を聴けば
ああまたあの児《こ》が咳《せき》しては泣き
また咳しては泣いて居《お》ります
その母のしづかに教へなだめる声は

合間合間に絶えずきこえます

それは宮沢賢治の「十月二十日（この夜半おどろきさめ）」と題された詩です。

あの室は寒い室でございます
昼は日が射《さ》さず
夜は風が床下から床板のすき間をくぐり
昭和三年の十二月
私があの室で急性肺炎になりましたとき
新婚のあの子の父母は
私にこの日照る広いじぶんらの室を与へ
じぶんらはその暗い
私の四月病んだ室へ入つて行つたのです
そしてその二月
あの子はあすこで生れました
あの子は女の子にしては心強く

凡《およ》そ倒れたり落ちたり
そんなことでは泣きませんでした
私が去年から病やうやく癒《い》え
朝顔を作り菊を作れば
あの子もいつしよに水をやり
時には蕾《つぼみ》ある枝もきつたりいたしました
この九月の末私はふたたび東京で病み
向うで骨にならうと覚悟してゐましたが
こたびも父母の情けに帰つて来れば
あの子は門に立つて笑つて迎へ
また階子から
お久しぶりでごあんすと
声をたえだえ叫びました
ああいま熱とあえぎのために
心をとゝのへるすべをしらず
それでもいつかの晩は

わがなぃもやと云《い》つて
ねむつてゐましたが
今夜はただただ咳き泣くばかりでございます

ああ大梵天王《だいぼんてんおう》
こよひはしたなくもこころみだれて
あなたに訴へ奉《たてまつ》ります
あの子は三つではございますが
直立して合掌し
法華《ほけ》の首題も唱へました
如何《いか》なる前世の非にもあれ
ただかの病かの痛苦をば
私にうつし賜はらんこと

読み終った時、高林青年の全身を雷に打たれたような、まるで疼痛《とうつう》のような感動が走りました。彼はその夜、この詩を何度も読み返し、しまいにはすっかり暗記してしまったのでした。

高林先生のお母さんは幼稚園を経営しているしっかり者で、心優しく感受性の強い人でした。毎日園児が喜んで園に来て、楽しく遊んでいるさまを見るのが彼女の何よりの幸せでした。一番の心配は子供たちが怪我《けが》をしたり病気になったりすることで、怪我や病気から子供たちを守るのが自分の一番の役目と考えている人でしたから、小児喘息《ぜんそく》の子供がぜーぜーと苦しがるさまや、白血病と診断された幼な子が何も知らず、無邪気に健気《けなげ》に笑っている顔を見ては胸を詰らせ、何の罪も犯していない幼な子がなんでこんな苦しい目に会わなければならないのか、可哀《かわい》そうでたまらない、見ているだけで辛《つら》い、と折りにふれて嘆く母を先生は子供の時から見ていました。そんなお母さんから受けた下地もあったのでしょう。彼は将来、医師になって苦しむ子供たちを救いたいと思い決めました。十七歳で、賢治の詩に触れたその夜のことです。

二〇一二年三月。

高林先生は市の教育委員会から依頼されて、医学部を志望している高校生を対象に一開業医としての立場から講演をすることになりました。「十代の夢」というタイトルでした。

彼の「十代の夢」は十七歳のあの夜に生れたことから、彼は話し始めました。そして宮沢賢治のあの詩を暗唱しました。

「ああ大梵天王　こよひはしたなくもこころみだれて　あなたに訴へ奉ります　あの子は三つではございますが　直立して合掌し　法華の首題も唱へました　如何なる前世の非にもあれ　ただかの病かの痛苦をば　私にうつし賜はらんことを」

高林先生は悲痛な抑揚で暗唱しました。それは十七歳の時だった。本屋で立ち読みしたこの詩に、強烈な感銘を受け、その夜は眠らずにくり返し読んだ。そうして、医師になるぞ、と決心した……。

高林先生を見上げている高校生たちは一八〇名いました。一八〇名の若い男女は唖《あ》然《ぜん》として高林先生を見ていました。

「法華の首題をいくら一生懸命に唱えても、理不尽な病気は容赦なく襲って来るのです。おとなは生きて行く上で、愚行を重ねたり嘘《うそ》をついたりしているけれど、生れ落ちてからまだ何の悪いことを考えたこともない清らかな小児が、何の罪もない幼な子が、苦しさと闘うために法華の首題を唱えている。どうか大梵天王よ、この苦しみを自分に移して下さいと、賢治は訴えているのです……」

識《し》らず識《し》らず高林先生は熱情的になっていきました。しかし高校生たちにそれは伝わりませんでした。高校生が必要とする話は、医科大学へ入学するための勉強のし方や、医者としての抱負やノウハウだったのです。

先生には文学的嗜好《しこう》への傾斜がありました。彼は医者になるための勉強のし方を話すよりも、「医者の（高林圭吾という医者の）人生」について語りたかったのです。

医師を目ざした彼は順調に夢を実現して行った。そうして開業医として安定して行くうちに、「治るものは治るし、治らぬものは治らない」という至極当り前の現実に直面し、夢は現実に侵食されて行った。夢とは別に、お医者になると金は儲《もう》かるし名誉も得られるという俗な満足があることなど、考えもしていなかったが、そうした現実が当然のことのようにやってくると、若い日の夢はいつか薄れて行く……。

高林先生は冷徹な科学者というよりも、多分に理性よりも情緒に流れるロマンチストでしたが、そんな高林先生もさすがに聴衆の反応のなさに気がつきました。もはや彼が敷いたレールの変更は不可能でしたが、しかし彼は強引に軌道修正を試みました。

「しかし、医師という仕事はいい仕事だといえます。人の肉体の苦しみをとにもかくにも癒やすことが出来る。人の役に立っています。君たちが医師になって、六十近くになった時、ああ、高校時代にこんな話をした医者がいたなあ、クソ役にも立たない話をしやがって、と思ったものだったが、今になってみるとあの医者の気持はわからないでもないなあ、と思い出してくれるかもしれません」

そうつけ加えて高林先生はそうそうに演壇を降りたのでした。

彼は失意を抱えて帰りました。鬱々《うつうつ》とした日がつづきました。高校生ばかりか彼を招聘《しょうへい》した教育委員会の面々も皆気が抜けたような困ったような顔だったことなどが、思い出すまいとしても頭に浮かんでくるのでした。

それから一か月経ちました。高林先生の鬱々とした気持はなかなか消えませんでした。筆者は何度か、その嘆きを聞かされましたが、

「相手は高校生なんだから、気にすることはない」

などと慰めにもならないようなことしかいえませんでした。

そんなある日、手紙が一通届きました。高林先生には心当たりのない女子高校の三年生だという少女からです。彼女はこの春休みに医科大学志望の友達に誘われて、高林先生の講演を聞きに行った者だと説明されていて、将来は国語教師になりたいと思っており、本当は医学には興味がない者なのだが、たまたま高林先生の話を聞いて大そう感動した。宮沢賢治の詩に触発されてお医者さんになろうと決心したというその

モチベーションを素晴らしいと思いました。この感動をいただいたことのお礼をいいたくなって、教育委員会に尋ねて先生の住所を教えてもらいました、とある。

一八〇名の聴衆の中でたった一人、高林先生の気持をわかってくれた少女がいたのでした。この数十日の鬱屈がみるみる晴れて、高林先生は生き返りました。何回も手紙を読み返すうちに、この少女にお礼をいいたい気持が湧《わ》いてきました。しかし手紙の末尾には小さく「ひふみ」と書かれているだけで封筒にも苗字《みょうじ》はなく、住所も書かれていない。ただ手紙の終りに書かれている「ひふみ」の下に、小さく携帯電話の番号らしい数字が書いてあるのに高林先生は気がつきました。

夜遅く十時になるのを待って、高林先生はその番号に電話をしてみました。少女は受験勉強をしているようだから、遅くかければ彼女が出てくると踏んだからでした。番号をプッシュするとすぐに、

「もしもし」

と、はりのある少女の声が出て来ました。

「ひふみさんですか」

高林先生はいいました。

「ぼくはこの間、文化会館で講演した高林ですけど」

いうなり、「エエーッ！」と甲高く明るい声が伸びて、

「ほんとですか、あの高林先生？……ああ、信じられなぁい……」

無邪気に驚くのでした。今日手紙を貰《もら》ったもんで、お礼をいいたくなってね、と彼はいいました。

「実をいうと、あの講演の後ずーっと、ぼくは憂鬱でねぇ。つまらないことをしゃべって、失敗してしまったと思ってね。折角、学生さん達が集まってくれたのに、なぜもっと役に立つことをいわなかったんだろうと思ってね……」

すぐに強い明るい声が勢をつけて、

「そんなことありません！」

叫ぶようにいった。

「すごくよかったです。素晴らしかったです。賢治は素晴らしいですね。わたし、あれから図書館で読んでます」

「そう？　そういってもらえると救われるような気がするんだけど」

「素晴らしいです。賢治も素晴らしいし、先生も……」

それからククッと笑って、

「わたしったら、素晴らしい素晴らしいって、そればかり……」

「いや、嬉《うれ》しいですよ。有難かったですよ。ありがとう。一言お礼をいいたかっただけなんで」

電話を切ろうとすると、彼女は「あ、もしもし」と押し止めて、

「またお話したいです。いつかまたお電話していいですか」

無邪気に訊《き》く。

「それはかまわないけれど、ぼくは酒を飲むとすぐに寝てしまうたちでね。だからかける時はワン切りにして下さい。そうすればこちらの都合のいい時にこっちからかけてあげますよ」

「わかりました。そうします。先生、ありがとう。電話もらって、とても嬉しかったです」

そういって電話は切れ、後味のいい、爽《さわ》やかな声が耳に残りました。

それから週に一度くらい、十時か十一時頃にかかってくるようになりました。高林先生の方は飲みに出ることも少くなく、酔って帰って来てワン切りに気がついても億劫《おっくう》で、そのままにしておいたりしながら、それでも月に一回か二回くらいはとりとめもない会話を交わすようになりました。

彼女はなかなか利発で向学心があり、何かと質問しては高林先生の返答をよく憶《おぼ》え

ていて、次の電話で改めて質問をしてきたりする。

いつか彼は彼女を「ひふみちゃん」とちゃん付けで呼ぶようになっていたのですが、かといって住所も高校の名前も彼女の苗字さえも知らないままでした。別に知る必要もなく、知りたいとも思いませんでした。それが後になって大きな悔になったのです。

ひふみちゃんについて高林先生が知ったことは、父は銀行員でたいそう彼女を可愛《かわい》がる優しいお父さんであることと、母は専業主婦だが料理が上手で自宅で家庭料理の講習なんかをしていること。

「お母さんの親子どんぶりはとってもおいしいの。特別のだしを取ってねえ。わたしが勉強していると夜食を作ってくれるのが有難いけど少し口うるさい。それがちょっとねえ」

などという無邪気な語り口からは、いかにも平和な、この国の中流家庭で素直にすくすくと育った娘であることがよくわかり、来る日も来る日も一日中、病苦を訴えに来る患者の相手をしている彼には、ほっとするようなひと時になっていました。

六月に入って間もなく、ひふみちゃんはいいました。

「先生、わたしお医者さんになろうと思うようになりました」

ひふみちゃんの兄はK大の医学部へ行っています。彼女はこう言ったことがあるのです。

「お父さんはお兄ちゃんの学費のために頑張ってるので、わたしはお金のかからない大学へ行くつもりなの」

彼女はかつてそういったことなど忘れたように、

「わたし、やってみます。挑戦してみます。夏休みは死にもの狂いで勉強します」

といった。お父さんに負担をかけることになるだろう？　といっても、大丈夫、お金のことは何とかします、というばかりでした。高林先生が尋ねると、彼女の偏差値は65でした。彼女が志望していた国立の教育大学なら61あれば十分入れるけれど、公立の医科大学は70を超える必要があるよ、と高林先生は危惧《きぐ》を口にしましたが、彼女は「そうですか」といっただけでした。

彼女は猛勉強を始めました。夏休みは来る日も来る日も勉強に明け暮れました。学習塾の先生はその熱意に引き込まれて、まるで自分が受験生になったように一生懸命になって他の生徒が帰った後、十一時頃まで教えてくれ、そのおかげか偏差値は65から68になり、70を超えるまでになっていき、受験の頃は合格ギリギリの線まで辿《たど》り着いたのでした。

　受験の結果は一次試験はダメでしたが二次で受かりました。高林先生に電話が入ったのは三月二十八日でした。お母さんは泣いて喜んでいる、お母さんは「そんな甘いもんじゃないよ」と口癖のようにいっていたの、とか、お父さんはびっくりしているだけ、よくやったなァといって、まだ信じてくれないみたい、そのうち何かの間違いだったという通知がくるんじゃないのか、なんて冗談半分、本気半分でいうんです。近いうちに東京のお兄ちゃんの所へ行って、褒めてもらうつもり……などと嬉しさいっぱいのおしゃべりは止まらないのでした。

　高林先生は合格祝いにご馳走《ちそう》したい、といいました。何が食べたいかと訊くと、本物の土窯《どがま》で焼いたカレーのナン。ナンというものをまだ食べたことがないので、それが食べたい、といいました。それならお安いご用だ、おいしい店を知っているからというって、「イギリス亭」という店に行くことにしました。四月五日が入学式だというので四月四日の午後一時に待ち合わせの約束をしたのでした。

　ひふみちゃんは高林先生の顔を知っていますが、高林先生はまだ一度もひふみちゃんと会ったことがありません。

「だから、ひふみちゃんの方からぼくを見つけて声をかけて下さい。ぼくは早めに行っているからね」

高林先生は何度もくり返し、その都度彼女は「わかりました。大丈夫、すぐ見つけます」といいながら「わァ嬉しい……すっごく楽しみ……」と何度もいって喜びを爆発させていました。

当日、高林先生は午後一時の約束から二十分も前に待ち合わせの場所へ行きました。しかし一時になり、一時十分になり、三十分になってもひふみちゃんは現れません。「イギリス亭」の名を間違えたのではないかとか、場所がわからなくなったのでは、などと思いつつ、携帯の番号はわかっているのだから、遅れるのなら連絡が来る筈《はず》なのに、と心配し、こちらからかけてみようかと携帯を取り出した時、ふと「会うのが面倒になったのかも」という思いに捕らわれました。とどのつまり十七か八の他愛《たわい》のない小娘なんだ。向うは勉強疲れの相手にし、こっちは退屈しのぎの相手にしていただけだったんだ。本当はほかに楽しい相手がいて、誘われてそっちの楽しみの方にいったのだろう。ひふみはもう勉強に明け暮れる辛い灰色の日々から脱けたのだ……。

そう思い決めて高林先生は自宅へ向う一歩を踏み出したのでした。

今どきの娘なんてこんなものだ、悪気なくケロッと約束を破るのだ。そのうち、平気で電話をかけてくるかも知れないし、かけてこないかもしれない、そういう時代なんだ、今は。考えてみればこっちも退屈しのぎだったしなあ……。

高林先生は六十近い男らしくそう思っただけで日が過ぎました。なんだか滑稽《こっけい》な役回りをさせられたような、ほろ苦い、しかしひとりクックツと笑いたくもなるような気分でした。夜になって十時を過ぎる頃に鳴る電話がなくなったことを寂しいと思うこともなく、日が経ちました。

四月十八日。

夜の十時過ぎ、携帯が鳴りました。見ると非通知です。何げなく、もしもしというと、若い男の声がいきなり、

「突然ですが、あなたはひふみをご存知ですか？」

といいました。自分は名乗らず、高林さんですかという問いかけもなく、いきなりのことなので高林先生はちょっと構えて、

「ああ、知ってますよ」

と答えました。そして、こいつはひふみの彼氏か何かだな、と思いました。四月四日に彼女が来なかったのはこいつのためだな。何の因縁をつけて来たんだ？　そう思った時、相手はいいました。

「実は、ひふみは死にました」

なに？　といったきりでした。

「四月四日に死んだんです」

相手はそういい、それから自分はひふみの兄です、と名乗りました。三月三十日にひふみは友達の車に乗っていて事故で重傷を負い、四月四日に病院で息を引き取りました……。

四月四日。あの日だ。店の前で一時間近く待ったあの日だ。

「四月四日の何時ですか？　亡くなったのは」

「午後一時二十分でした」

もう何もいえませんでした。——これが今どきの娘なんだ……そう思ったことだけが頭に浮かびました。

「同級生の女友達が恋人の運転で東京まで行くというので、乗せてもらったんです。丁度、ぼくの所へ来るつもりをしていたもので」

兄が説明する声が遠くに聞こえていました。

その途中、高速道路で車がスピンした……車の前の座席にいた二人はシートベルトをしていたので軽傷ですんだ……ひふみは後ろの座席でベルトをしていなかった……

意識不明のまま病院に運ばれ、五日後の四月四日に……。

　気がつくと電話は切れていました。もっと聞きたいことがあるのに気がついて、かけ直そうとしたのですが、非通知のために番号がわからない。ひふみの携帯にかけてみたら、もしそれが兄の手もとにあるとしたら、話すことが出来るかもしれない、とはかない望みを持って番号を押しました。しかし「この電話は使われていません」というアナウンスが流れただけでした。


　四月二十九日。

　この前の電話から十一日後です。

　待っていた兄からの電話が鳴りました。この前は失礼しました、ひふみの兄です。舟木圭太郎《ふなきけいたろう》です、といいました。もう少しだけお訊《たず》ねしたいことがあって電話したのですが、といい、

「立ち入ったことを訊きますが、あなたはひふみとどういう関係ですか？」

　学生らしい率直な――率直すぎる言い方でした。

「実はぼく、ひふみが死んだことをひふみの関係者に報《しら》せようと思いまして、ひふみの携帯電話の番号の連絡先一覧を見たのです。すると『先生』というのがあったんで

す。名前はなくてただ『先生』だけなんです。それでこの間その番号にかけてみたのです。ですからお名前もわかりませんので、いきなり失礼ないい方になってしまいましたが、先生というのは、これは何の先生なんですか、ぼくは塾の先生かと思ったんですけど」

「いや、違います、塾の先生じゃない」

「じゃあ何の先生ですか？」

どこまでも学生らしくたたみかけてくるのでした。

「ぼくは医者ですよ。ひふみちゃんはぼくの講演を聞いてくれたことが縁で、時々電話で話すようになったんです」

あらましを聞いて、ああそういうことだったんですか、といい、それから暫く考えているような沈黙の後、唐突に、

「それで、お名前は何というんですか？」

「高林」

と答えると、

「下の名前は？」

と追及してくる。何なんだ、この男は、と思いながら高林先生は、

「圭吾」

　と答えました。

「ケイゴねえ……ケイゴのケイは」

「土ふたつ」

　先生はいい加減業腹《ごうはら》でした。なんて不躾《ぶしつけ》な奴《やつ》だと思ってつっけんどんに答えたのですが、相手は鈍感につづけます。

「身長は？　どれくらい？　大きいですか？」

「百七十五センチ」

　吐き出すようにいうのを気にもせず、

「年はいくつですか？」

「五十九」

　不機嫌が丸出しになっている筈ですが、

「そうですか……」

　といったきり、何を考えているのか、黙って何もいいません。さすがに温厚な高林先生も、いったい何なんですか、と声を荒らげました。すると初めて失礼に気がついたのか、いや、実は——と話し始めました。

「ひふみが生前、こんなことといったことがあるんです。お兄ちゃん、わたし好きな人がいるのって。だけど付き合うことは出来ない人。年がすごく離れているの。身体《からだ》は大きい人。お兄ちゃんの名前と字が一つだけ同じなの、ってね。そういってたものですから……ぼくの名前は圭太郎っていうんです。圭太郎の圭が同じですね……」

そういって独り言のように、

「そうかあ……」

と呟《つぶや》き、

「それで急に医学部に行くといい出したんだな、国語の先生になるっていってたのに――ムチャクチャに勉強し出して、どうなっちまったんだ、と思うくらいで……」

それから、

「うーん、親父《おやじ》よりも年上だな」

思わず感慨が漏れたような呟きでした。

五月十一日。

その日は篠突《しのつ》く雨の日でした。土曜でしたので診療を午前中で終え、高林先生は家へ帰るとベッドに寝転んで、あれ以来ずーっと心に懸《かか》っている想《おも》いの中にうつろいでいました。六十近い高林先生でも、ひふみの想いを知ると平静ではいられませんでした。そうか、そうだったのか、と何度も思いました。ひふみちゃんはもうこの世にはいないのだ、今更心を乱すことはない、と自分にいい聞かせ、診療や日常の些事《さじ》は滞りなくやり通しているけれど、束の間《つかま》の安息の時間が来ると「切ない」ような、何となく心うれしいような、ぽっと胸に小さなあかりが灯ったような気持になるのでした。

その時、切なさを抱えたままうつらうつらしかけた高林先生の枕《まくら》もとで電話が鳴りました。圭太郎——ひふみの兄からでした。ぼく、今しがた東京から帰って来たんですけど、何となく先生に電話をしたくなってしまって……別に用件といってないんですが……といったその時です。バチーッと木の裂けるような鋭い音がして、頭の上の照明が消えました。日暮れには間がありましたが、雨のために部屋が暗いので照明をつけていたのです。停電かと思い、窓の外、隣接している小学校を見ると向うは電気がついています。うちだけの停電か。だとしたらブレーカーが落ちたのかと思いつつ、電話に向ってもしもしといいましたが返事がない。電燈と電話は別なのに両方同時に不通になるのはおかしいなと思った時、パッと電気がつき、同時に電話が鳴って兄の声がいいました。

「今、切れましたね、電話」

「そうだね、そっちは停電しなかった？」

「いや、してません」

そういって彼の声は途絶えました。もしもし、もしもし、と呼んで応答を待ちました。と、突然、彼ではなく、何度も聞いてすっかり耳に馴染《なじ》んでいるあの声が聞こえてきました。

「先生……ひふみです……」

2

それはまさしくひふみの声でした。

——先生、ひふみです……。

いつもよりは弱々しい声ながら、間違いなくひふみでした。

「ひふみちゃん？」

思わず高林先生は叫びました。

「あんた、……あやァ、生きてたったんかね……」

N地方の訛《なまり》が丸出しになっていました。

とっさに思ったことは、ひふみと兄だという男とが申し合せて、いたずらをしかけているということでした。なんというたずらをするのだ、と咎《とが》める気持よりも、「生きていた」という安心がどっと来て、声が上ずりました。

「ひふみちゃん、人が悪いなあ。なんてわるさをするんだよ……」

するとひふみの静かな声がいいました。

「先生、わたし、死んだんです」

「えーっ、死んだ……だけどあんた……」

こうして今、しゃべってるじゃないか、といおうとする前に、

「先生、わたし、先生との約束、すっぽかしたわけじゃないですからね。必死で会いに行こうとしたけど、どうしても駄目でした。ごめんなさい」

それだけいって電話の声は消えました。

もしもし、もしもし、夢中で高林先生は呼びました。まだいたずらをつづける気なのか、いい加減にしなさいといおうと思って、もしもしと言い続けていると、しーんとしていた電話から、

「あ、あれ？」

という声が聞こえて来ました。

「失礼しました。ぼく、なんだか眠っちゃったみたいで……」

兄でした。

「今ひふみちゃんと話をしたんだけど……ひふみちゃんが出て来たんだよ。君、これはどういうことなんだろう？」

つい難詰《なんきつ》の口調になっていってしまいました。兄は気が抜けたように「へーえぇ」といい（それは高林先生には真そこアタマにくるいい方でした）まるでからかうように（高林先生はそう感じました）いいました。

「それって……どういうことですか。電話に……出て来た……ひふみが？」

「さっき、君と話している時、急に君の応答がなくなったと思ったら、いきなりひふみちゃんが出て来て、いったんだよ。『先生、ひふみです』って。間違いなくひふみちゃんだった。約束を守れなくてごめんなさいっていって……」

「へーえぇ。そんなことをいったんですか。ひふみが……電話に出て来て……へーえぇ」

明らかに先生をバカにしている口調でした。冗談じゃないんだよ、ホントなんだよ、ひふみちゃんが、というのを遮って、

「じゃあ、どうも」

と電話は切れました。とても相手にはしていられないよ、といわんばかりでした。

こんな話、誰にもいえない、女房にもいえません、と高林先生はほとほと困ったようにいいました。アタマがおかしくなったと思われるだけですからね。

とはいえ高林先生はあまりにショッキングなこの事件を自分ひとりの胸に納めておくことは出来ないのでした。そして彼はこんな話を真面目《まじめ》に信じてくれる人は筆者の外いないと思ったのです。まったく、本当に、どう考えたらいいのか、と先生は何度もくり返しました。あれ以来、ずっと棒を呑《の》んだような気持でしてね。あの声がね、ひふみちゃんの「先生、ひふみです」といったあの声。いつもよりはやや弱々しいけれど、間違いなくひふみちゃんの声だったし、抑揚もそうでした、高林先生は何度もいいました。それは確実に起った事実だということを、筆者に——というより、自分自身の胸に染《し》み込ませようとするかのようでした。

信じますよ、私は信じます……その都度、筆者もくり返しました。この世に心を遺《のこ》した幽霊がぼーっと佇《たたず》んでいた、というような話は昔からよく話され、真偽は問われずただ「怖い話」として伝わって来ていますが、死者が電話で話すなんて、かつて聞いたことがない話です。でも筆者は微塵《みじん》も疑いませんでした。

こんな話、誰にもいえませんからね、と高林先生は何度もいいました。高林先生は大学時代からの親友で、今は大きな精神病院の院長になっている池上《いけがみ》先生という立派なお友達がいましたが、その池上先生にもいえない。妻と同様、気が狂ったか、悪霊《あくりょう》に憑依《ひょうい》されたかと心配されるだけですから、とくり返すのでした。

筆者がすべてを信じたのは、高林先生を本当に正直な人、嘘《うそ》をいわない（いえない）人だと思っていたからです。というのも、筆者にはかつて異常な心霊現象の体験があり、それがきっかけで高林先生との交流が生れ、高林先生の稀有《けう》な、純真ともいえるような親切に助けられていたからです。

それは三十年ばかりも前のことになります。筆者は北国の小さな町の外れ、海に向かって峙《そばだ》っている山の中腹に、夏の間の休息の場としてささやかな山荘を建てました。そうしてそこで心身を損ねるほどの超常現象を経験させられました。そこは人里離れた一軒家です。人里へは七百メートルほども下っていくような所です。車がなければ簡単に歩いて来られるような場所ではありません。なのに夜になると屋根の上でゆっくり人が歩く足音がしたり、一日中、家の中でバチッ、バチッ、と木を裂くような音、いわゆるラップ音が鳴っているのです。そのうち置いてあるものがなくなっていたり、かと思うと意外な場所に置かれていたり、戸外にある車のドアが勝手に開閉する音が聞こえたり、というような現象が毎日起りました。

しかしその時は筆者も家族の者も、それが死者の想念が立てる物音だとはゆめ思いませんでした。いったいこれは何なのだ、何だ、何だ、と騒いで怖がっているだけなのをまるでじれったがっているように、これでもか、これでもわからぬか、と攻め立てるように異常現象はエスカレートしていくばかりでした。

やがて何人かの霊能者によって、それはこの山で日本人（シャモ）の侵略によって殺戮《さつりく》されたアイヌの怨霊《おんりょう》が起こしているものだということがわかりました。そこはかつて日本人によって無残に皆殺しにされたアイヌの集落があった場所なのでした。


人間は肉体だけで存在しているものではなく、肉体と魂で成り立っていること、死によって肉体は消滅するけれども、魂は滅びず永遠に残るということを、その時はじめて筆者は知ったのです。

いわゆる「成仏《じょうぶつ》」というのは肉体の消滅後、魂が霊界へ行って、そこに納まったということですが、そういうことさえもそれまでの筆者は考えたことがありませんでした。死んだらどうなるのか？　それは思うだけでもいやな怖いことでした。

幼い頃の筆者にとっての死とは、ひとりで「棺桶《かんおけ》に入ること」でした。それはあまりにも怖《おそ》ろしいことなので、それ以上考えることはしませんでした。天国や地獄の話は夏の夜の涼み台や、夜長の火鉢の前などで語られましたが、その時に出てくる幽霊話などもただの座興として（話す方も聞く方も）怖がったり、面白がったりして通り過ぎただけでした。

それでもお祭の見世物小屋の前で、地獄極楽の看板を見ると、嘘をついたことが思い出されて走って家へ帰るなり、父に訊《たず》ねたことがあります。

「お父ちゃん、地獄ってホンマにあるのん？」

父は新聞を読みながら、こともなげに答えました。

「そんなもの、ないさ」

子供心にお父さんはエライ人だと思っていましたから、それですっかり安心して、それからは幽霊話をはじめ、死にかかわる事柄には全く無関心になったのでした。

五十歳になってはじめて筆者は、人の死や霊魂の存在と直面しなければならなくなったのです。今まで念頭にもなかったことを信じるよりしょうがなくなったのです。

それを信じなければ、ではこの異常現象は何なのだ、どう解釈すれば良いのだ、ということになります。霊魂は不滅であること、霊魂とはその人の「想念」であること。従って想念によって、死者のありよう（成仏する、しない）は決まること。漠然とですが、だいたいそのようなことを筆者は理解したのでした。

けれどもそれがわかったからといって、山荘のアイヌの怨霊をどうして鎮《しず》めればいいのかまではわかりませんでした。お払いとか祈禱《きとう》とかで鎮まるような、そんな簡単なものではない、と霊能ある人たちはみないいました。ある人からは「南無妙法蓮華経《なむみょうほうれんげきょう》」という日蓮《にちれん》の題目はすべてを鎮める力を持つから、それを日夜唱えなさいといわれ、ある人からはアイヌにそんなことを唱えても効き目はないといわれ、ならばアイヌの方式で先祖供養《くよう》をしようということになって、アイヌの長老を頼んだり、それはいろいろな方法で供養をしましたが、供養の最中に家の中に憤怒《ふんぬ》の籠《こも》った（と感じました）爆発するような音が響き渡り、長老は急に気分が悪くなったといってそうそうに帰ってしまいました。

高林先生と知り合ったのは、ただただ途方に暮れているそんな時でした。高林先生は筆者がある雑誌に書いたその状況を知って、わざわざ北陸から訪ねて来てくれたのでした。高林先生は医師でありながら、心霊についての熱心な探究心の持主でした。若い頃の高林先生には若干の霊能の力があったそうですが、医学にたずさわるようになってからはなくなってしまったということでした。しかしその代りのように、先生の心霊問題への関心は強まったのでした。

高林先生と筆者はまるで旧知の関係であるかのように、打ちとけて話し合いました。筆者は一部始終を話して話して話しまくりました。誰に話してもただ驚かれたり不思議がられたりバカにされたりするだけで、何の解決策も見つからず一人闇夜《やみよ》をさまよっているような時でした。それこそ暗い夜の広野に一軒の灯を見つけたような、といいましょうか。そんな筆者の気持ちに応《こた》えるように高林先生は熱心に話を聞いてくれました。

東京は上落合に日本心霊科学協会という団体があります。心霊現象に関する科学的研究を目的に設立されたもので、一般常識では理解されない超常現象やわけのわからない病気に悩む人たちのために、霊査や降霊や心霊治療を行う霊能者が集っていました。それは「商売」ではなく、あくまで研究のため、あるいは霊能者としての研鑽《けんさん》のために行われるのです。高林先生はその協会の会員でした。

筆者は高林先生に伴われて心霊科学協会を訪ね、そこで大西弘泰師を紹介されました。大西師は協会の監事で、日本でも有数のサニワとして知られている人物で、その時八十五歳。見るからに穏やかで品格の高さを感じさせられる小柄な老人でした。

サニワとは審神者と書きます。審神者とは「神のお告げを承る人」のことで、古くは神功《じんぐう》皇后の新羅《しらぎ》遠征の時、皇后に降りた神のお告げの真偽をただした武内宿禰《たけのうちのすくね》が審神者の始まりです。また奈良時代に神の意に従って道鏡《どうきょう》の野望を防いだ和気清麻呂《わけのきよまろ》もそうです。神霊との対話では広い知識がなければ、信じられる神か、ニセモノかを見極めることが出来ません。神霊にも正邪、高下の区別があり、邪霊のたぐいが神霊と偽って邪魔をすることもあるので、それを見破るために古典や東西古今の歴史を学ぶことは審神者として最低の必須《ひっす》条件になるのです。偽者《にせもの》を見破るための知識に加えて冷静さや洞察力、胆力が必要です。

そのように本来は神霊のお告げを承るものであった審神者は、そのうち浮遊霊や地縛霊や怨霊などの、死んでも霊界に入ることが出来ずにいる人間の霊魂を呼んで説得し、霊界へ送るという役目をするようになりました。

それを招霊《しょうれい》といいます。招霊は浮かばれぬ霊魂が降り易《やす》い霊体質の人に降ろします。それを霊媒《れいばい》といいます。霊魂に降りられた霊媒は一時的に身体を霊魂に貸す。ということは、本来のその人の人格が消えて降りて来た霊の意識になるということです。たとえば夫に殺された妻の霊が降りてくると、霊媒はその妻になり代って、夫への恨みつらみを言いたてます。その逐一を聞いて慰めたり諭したり、問答をして納得させ、霊界へ送るのが審神者です。

一般に知られている未浄化霊（俗にいう幽霊、不成仏霊ともいう）の対処法として、僧侶《そうりょ》や霊能者による「お払い」や「供養」があります。しかし「お払い」は文字通り力で「払う」のですから、埃《ほこり》をハタキでたたいても、また戻ってくるように、霊の方も一旦《いったん》はびっくりして離れても、また戻ってくることが多いのです。誠心誠意の「供養」はつづければ効果がある場合もあるでしょうが、強烈な怨念や執着に固まっている未浄化霊はなかなか屈伏しません。審神者と霊媒のコンビで行う招霊によって、未浄化霊のいい分を聞き、説得し、納得させる。それが最も効果のある方法だということです。

人が死ぬと肉体は滅びます。しかし魂は滅びず肉体から離れてまず幽界へ赴き、そこで魂の波動を上げる修行（一切の情念・欲望の浄化）に入る。そうして修行が終わったと認められれば霊界へ上る。

死はすべての終りではないのでした。心霊科学協会で筆者はそれを知りました。そして思ったことは、現世での生き方、その想念が死後に影響するとしたら、これはうかうかと生きてはいられないということでした。

高林先生の知る限りでは、ひふみちゃんは無垢《むく》で純粋な、まだこの世の穢《けが》れを知らない真面目な少女だということでした。しかしひふみちゃんの魂は行くべき所へ行かずにこの三次元に止《とど》まっているらしいのです。そこは彼女の家、お父さんとお母さんがいて、K大の医学部にいる兄が、正月と夏休みに帰ってくる家です。

いったい何が彼女の行くべき道を阻《はば》んでいるのか、筆者は勿論《もちろん》高林先生にもわかりませんでした。魂が素直に霊界に行かないのは、この世への執着や愛憎、あるいは怨《うら》み、無念さなどの情念や欲望に捕らわれているためだといわれています。しかしひふみちゃんをこの世に引き止める煩悩《ぼんのう》とはどんな煩悩でしょう。なに不自由なく育ち、父母と兄の大きな愛情に見守られてすくすく育った心と身体もきれいな、純な少女です。何が彼女の旅立ちを邪魔しているのでしょうか。

もしかしたらひふみちゃんの両親は無宗教で、そのために死者の魂を送るための宗教的な儀式を欠いたのかもしれないと高林先生は考えました。そして兄からの電話を待って訊ねました。

「つかぬことを訊くんだけど、ひふみちゃんの供養はちゃんとしましたか？」

「勿論しています」

即座に彼はいいました。

「父と母が一生懸命にやっています。お坊さんも毎週来てもらってます」

相変わらずぶっきらぼうないい方でした。

「そうですか。いやね、ぼくはこの間のことがとても気になっていてね。もしかしたら供養が足りないんじゃないかと、ふと思ったもので……。いや、失礼しました」

「母は一生懸命にやってます」

とだけ答えて電話は切れました。

毎週、坊さんに供養に来てもらっているとしたら、それはその坊さんに力がないということかもしれない、と高林先生は考えました。高林先生はもう何年も、毎月一日と十五日に供物を上げて亡父と先祖の供養を欠かしたことがありません。その供養のし方は、亡《な》き人の名を書いた短冊《たんざく》を立て、経文ではなく十言神呪《とことのかじり》といわれる祝詞《のりと》を上げる独特の供養です。

最初にひふみちゃんの供養をした時、高林先生は新茶の玉露を淹《い》れ、丁度患者から貰《もら》った「東京ばな奈《な》」を添えて、ひふみの名を書いた短冊の前に供えて祈ったのでした。終わってから玉露を飲むと、何ともいえない甘さが舌に広がって爽《さわ》やかな気分になったそうです。ああ、これで祈りが通じた、と心から満足して、彼は明るい声で筆者に報告して来ました。これで大丈夫。ひふみちゃんは（天上界へ）上がった気がします、といったのでした。


五月二十六日。

その日はひふみちゃんの四十九日の法要が行われて四日後です。夜、突然、兄から

電話がかかりました。この前まではひどく素気なかったことなど忘れたように、

「今日は日曜日なので、ぼく、うちへ帰って来たんですけど」

といい出しました。

「ひふみが死んでから母がひどく落胆して、すっかり弱ってしまったもので心配になりましてね」

高林先生は不得要領に、

「はあ、そう……」

というだけでした。なぜ態度がこう急に変わってしまったのかわからない。

「ぼくは今まで盆と正月くらいしか帰らなかったんだけど、なんだか帰りたくなって、帰って来ると先生に電話をかけたくなって……別に用事ってないんですが……」

そこまでいうと、その声がいきなり、

「先生、ひふみです」

というあの声になったのでした。

「えっ！　ひふみちゃん……あんた……」

高林先生はびっくりして慌《あわ》てて叫んでしまいました。

「死んだっていうことだったけど……どこにいるの？」

「うちにいます」

「うちってお父さんやお母さんのいる家のこと？」

「そうですよ」

「家」といえばそうに決まっているじゃないですか、といわんばかりの、いつもの親しげな、率直ないい方でした。高林先生はすっかり慌ててしまい、

「それで？　元気？　元気なの、君」

いってから、死人に「元気」はないだろうと気がついて、

「つまり、どこか痛いとか、苦しいところはないの？」

といい足しました。

「死ぬまでは痛かったけど、死んだ、と思った時からは痛くなくなりました」

たいしたことではない、というようにいうのです。

「それはいいね。たいていは死んだ後も痛みや苦しみがつづくというからねえ。ひふみちゃんは心がきれいだからだね」

思わず生きている人にいうようにいってしまう。すると、

「そんなことないですよ」とあっさり返してくる。とても死人と話をしているとは思えない。

「お腹《なか》は？　空《す》いたりしない？」

「お母さんが毎日、白いご飯を炊《た》いてくれてるから、それだけでもうお腹はいっぱい」

お腹いっぱい？

肉体はないのに？

そのやりとりを聞いた時、筆者はそう思ったのでしたが、高林先生は気を止めたふうもなく、

「ひふみちゃんとそんな話をしていると、生きてる時と同じでねえ。何も変らない。明るくて元気そうなのが嬉《うれ》しくてねえ……」

と、楽しげにいうのでした。

いつか高林先生はひふみちゃんが死者であることを忘れがちになるようでした。

「ひふみちゃんの四十九日の法要はきちんと行ったたってお兄ちゃんから聞いたんだけど、ひふみちゃんには届いたのかな？」

いつか先生はまるで共通の友人のことでも話すようないい方でいうようになっているのでした。

「お墓に納骨したって、お兄ちゃんから聞いたけど、お墓へ行った？」

などと。するとひふみちゃんの方も、

「お墓？　そんな所にいかないわ。わたしはずっと家にいるわ」

と答えます。

「お坊さんの供養は届いてる？」

「なにかわけのわからないことを、知らない人がいってるだけですよ」

あっさりいう。そりゃまるで、生きてる人間同士の会話ですね、と筆者は思わず苦笑していいましたが、先生は、そうですな、と笑っていました。先生は彼女とのやりとりを克明にメモしていて、そのメモを見ながら話しているということでした。

「それより先生、この間、わたしのこと呼んだでしょう。そうだわ、東京ばな奈、ご馳走《ち》《そう》さま」

先生はメモを見て、十一日前の五月十五日に患者から貰った新茶に、それも貰い物の東京ばな奈を添えて供養したことを確かめました。

「あれは十一日前だよ、届いたんだねえ」

「わたし、日にちの感覚が全然わからないんだけど、先生の声がして、なんだかあまーい香がして……」

先生は感極まって、

「届いたんだねえ……東京ばな奈とお茶」

といったまま、暫《しばら》く何もいえなかったそうです。

「とても甘い、おいしいお茶でした。それに東京ばな奈はわたし、大好きなの。ほんと、ご馳走さまでした」

何なんでしょうな、こんなことってあるんですかねえ、と高林先生はくり返します。あれはまさしくひふみちゃんの声です、他の誰でもない。あのものの言い方、さっぱりして余分な言葉がないのは生きてる時と全く同じです。と熱心に、同じことを何度も、筆者も返事に困るくらい何度もいうのでした。

高林先生のお父上は生前、教育者で且《か》つ、御嶽教《おんたけきょう》という神仏習合の会を主催した人であることは前にお話しました。そのお父上の、人の苦しみを癒《い》やそうとする努力と情熱を見て先生は育っています。一時期はそんな父を批判的に見ていたこともありましたが、その後、先生自身も心霊に関心を持つようになってからは、当然、死者の魂は行くべき所へ行かなければならないという知識はしっかり身につけています。けれども夜遅く電話が鳴ると、先生は思わずいそいそと電話を取ってしまうのです。先生は筆者にこう述懐しました。

「ひふみちゃんとの電話をぼくは確かに楽しんでいます。彼女は少しも変わらないし、無邪気で正直だから話をしていても気持がいいものでね。しかし、本当はぼくはこの日本ではまだ何ひとつ確かな手応えを得られないでいる四次元世界の、たとえほんの端っこであろうとも、その世界のありようを知るチャンスに廻《めぐ》り会えたことがいいようがないくらい嬉しいんです。だから余計に、ひふみちゃんの電話が待ち遠しいし、わくわくするんです。確かなことは誰にもわからない。そりゃあ、昔から世界中で死後についてのいろんな意見、考え方が出てますよ。本もいろいろ出ている。しかし、死んだ人間が招霊されたわけでもないのにいきなり電話をかけて来て、東京ばな奈は大好きだったから嬉しかったなんてね。そんな日常的な会話を交すなんて、今まで聞いたことがないですよ。今までになかったことをぼくだけが経験しているんだ——。ぼくには心霊学上で何かの使命が与えられているんだろうか。そう思うと平静でいられないんでね……ああぼくはどうすればいいんだろう……」

先生は、その矛盾を整理することが出来ず、亡きお父上に祈るのでした。どうか私の心を正し、私のなすべきことをお示し下さい……その力を私にお与え下さい、と。

兄は高林先生との何度目かの電話で、改まった口調でいいました。

「先生、ぼくは大学へ入ってから今までに親の家へ帰ったことは正月と夏休みの時くらいで滅多に帰らなかったんです。だけどこの頃、なぜかふと家に帰りたくなって、別に用事ってないんですが、いきなり帰るんです。そして帰ると先生に電話をしたくなる。これも特別に話したいことがあるわけじゃないんですが。おかしいなあ、と自分でも思いながら……ご迷惑だろうとも思ってるんですよ。なのにこうして電話をしてしまう……これって何なんでしょうねえ？」

高林先生はそのことを筆者に語り、これはきっとひふみちゃんの想念が彼を動かしてるんですよ、と声をひそめていいました。してみると、彼女には強い力があるんだなあ、なんだか怖いなあ、と吐息を洩《も》らしたのでした。

ひふみちゃんが先生と話をするには、兄という媒体が必要なことはわかっていました。しかしそれには兄が、ひふみの魂がいる親の家に来る必要があるのでした。東京にいてはひふみちゃんが憑依することが出来ないからです。だから想念を送って兄を呼び出すのでしょう……。

その推理が当っていることかどうか、筆者にはわかりません。しかし彼女が持つそれほどの強烈な想念を思うと、私たちは言葉を失うのでした。

兄が高林先生の精神状態を疑っていた頃から二か月ほど経《た》っています。彼は次第にこの状態のあり得なさ、不可解さに対して、本気になって来たのでした。

「先生はいったい、ひふみと何を話してるんですか？　ひふみはどこにいるんです？　何をしてるんですか？」

たたみかけるように質問します。

「それはぼくにもよくわからないんでねえ……」

先生は当惑を隠さずに答えて、思わず吐息を洩らしました。

「ぼくにわかっていることは、君から電話がかかって来て、話をしていると、いきなりひふみちゃんが出て来て……いや、出て来るというか、君の声がいきなりひふみちゃんの声になるんだな。つまり心霊学では憑依現象というやつだ。君は霊体質といって、霊に憑《つ》かれ易い体質なんだろうね。霊は誰にでも憑依することは出来ないんだから、君は選ばれたのだ。ひふみちゃんは君の身体を乗っ取って、ぼくとしゃべってる。その間君は意識を失っている。自分では眠っているという実感だろうね。わかるかね？」

「ふーん……わかるような、わからないような……そんなことってあるんですかねえ」

「あるんだよ」

「ぼくが、ひふみの声を出してしゃべってるんですか？」

「そういうことだ」

「なぜそんな面倒なことをするんです」

「それはぼくにもわからないよ。だから困ってるんだ」

「こういうことは普通に、ちょいちょいあるんですか」

「わからない……ぼくは初めての体験でね。しかしいくら考えても、なぜこういうことが起こるのか、わからない。本当は、ひふみちゃんはいつまでもこんな不自然な状態でいてはいけないんだよ。死んだんだから、行く所へ行かなければ」

「行く所ってどこですか」

「人が死んだらその魂はまず幽界へ行く。三次元から四次元へ行く。幽界の上に霊界がある。霊界の前には精霊界という所があって、そこで魂の浄化の修行をしてから霊界へ上るともいわれている。霊界の上には神界があり、神界の上に菩薩《ぼさつ》界、その上の如来《にょらい》界、さらにその上、その上と、五次元、六次元、七次元、八、九……と次元は高くなって行くということだけど、そのあたりのことは我々にはもうわからない仕組になっているからね。最後は宇宙創造神に辿《たど》り着くのだろうが、そんなことは誰にもわからない。わかる必要もないしね」

ヘーェ、はーァ、ふーンッ、と兄は嘆息を洩らすばかりでした。

「すると、ひふみは……」

兄はいいました。

「ひふみのいる所はどこなんです」

「まだ上へは上っていないんだよ。ぼくらのいるこの三次元にいるんだと思うんだけどね。お父さんの家にいるらしいから」

「父や母には見えないんですか？」

「魂だけだからね。普通の人には見えない。霊感のある人には見えるだろうけど」

「ひふみが先生の所へ来ることはないんですか？」

「来られないらしいね。行く道を知らないから、っていってたがね。生前に一度でも来ていたら来られるのかもしれないけど」

兄は暫く黙って考えていてから、

「どうしたらいいんですか……」

思い詰めた声になっていいました。

「わからない」

高林先生は投げやりにいいました。

「だから困ってるんじゃないか。いくら説得しても聞かないんでね」

「頑固でしたからね。ひふみは。小さい時から一旦こうと決めたら動かない子でした」

彼は言葉を切って少し考え、

「しょうがないですね。ひふみがそういうのなら、父の家にいさせてやったらいいじゃないですか。なにも悪いことをするわけじゃないんだから」

「すると君はいつまでもひふみちゃんのために電話の取次をしなくちゃならない。そういうことになるんだよ」

兄はいいました。

「ぼくなら大丈夫です。迷惑かかるのはぼくだけなのなら、ぼくはいいです。我慢します」

しかしそんな簡単な話ではないのです。

人が死ねばその魂は必ず行くべき所へ行く。行かなければならない。行くのが自然だ。ひふみの魂が頑として行こうとしないのはなぜなのか。それを引き止めるものは何なのか。このままではひふみは地縛霊《じばくれい》とか浮遊霊《ふゆうれい》になってしまう。高林先生と筆者の電話は決まってその問題に行きつくのでした。

ひふみの執着は高林先生への想《おも》いのためなのか、それともお母さんへの愛着だろうか、猛勉強をして医科大学に合格し、希望とやる気に満ち満ちていたその第一歩が挫《ざ》折《せつ》した無念さか。

たった一枚の新調の着物が自分の死後、妹のものになるだろうという、たったそれだけの想いのために浄化出来ずにさまよう女の霊の浄化に手古摺《てこず》ったという話を聞いたことがあります。情念の強い人は死後の浄化に手間どるということの例えとして語られた話でした。怨みつらみ、執着、物欲などは生きているうちに浄化しておいた方がいい。「老いて死支度をする」とはそういうことなのでしょう。

高林先生はひふみちゃんに説きました。

「ひふみちゃん、死んだ人はこの世に止まっていてはいけないんだよ。死んだ人には行くべき所があるんだ。そこへ行かなければならない。今のひふみちゃんにはもう身体はないんだからね。魂だけの存在だ。魂は魂の世界へ行くべきなんだよ。肉体の世界にいた時についてしまった穢れ……欲望やら情念やらを落とす修行をして、清浄な魂になるのが死んだ者の行く道なんだ。そうしなければ永劫《えいごう》に幽霊となってさまようことになってしまう」

先生は何回もその言葉をくり返すようになりました。しかしひふみはいつも、子供

のように無邪気に、

「でもお父さんやお母さんはこっちにいるし、こうしていたら先生とこうやって楽しく話せるし」

　いつも同じ返事をくり返すばかり。

「こうして先生とお話してるのって、すごく楽しいんだもの。わたし、もう暫くこっちにいます」

「ひふみちゃん、ちゃんと聞いてくれよ。ひふみちゃんはお兄ちゃんの身体を借りてというか、乗っ取ってというか、つまりぼくと話をするにはお兄ちゃんが必要なんだよね。お兄ちゃんがいなかったらぼくとは話せない。お兄ちゃんはひふみちゃんに身体を乗っ取られて意識は眠っている。しゃべっている声はひふみちゃんだけれども、しゃべっている当人はお兄ちゃんなんだ。何も知らずにしゃべってるんだ。だから電話の後、ひどく疲れるっていってる。この前お兄ちゃんに訊《き》いたら一〇〇メートル疾走した後みたいだっていってたもの」

「先生はそういうけど、わたし、人の身体なんか借りてないわ。今、こうして話してるのはわたしだもの。わたし自身ですよ。借りてなんかいません……」

「ひふみちゃん、よく考えてごらん。ひふみちゃんは肉体がないんだよ。胸をさわってごらん。膨らみはあるかい？　何もないからさわれないだろう。手もない。足もない。ないのに電話番号をどうやって押すんだい？……お兄ちゃんが代わりに押してるのさ。ひふみちゃんが押させてるんだ」

「そんなこといわれてもわたし、こうしないと、こうやって先生としゃべれないんだからしょうがないでしょう……」

　会話はどうどう巡りをするだけです。するとひふみはいうのです。

「先生、そんなこと考えるのはやめて、また、前みたいに楽しく話しましょう」

　前みたいに楽しく？　死んだ者と生きている者が「前みたいに」しゃべることが出来るわけがないのです。

　しかし、ひふみは明るく無邪気にいう。

「先生、この頃、お母さんの姿がはっきり見えるようになって来たんです。おしゃれしてどこかへ出かけたりするようになってるの」

　と嬉しそうに報告します。

「わたしが死んだショックのためかしら。前はおしゃれだったのに、身なりも構わなくなって、ぶくぶく太って……わたしに供えたご飯やおかずを泣きながら食べるからかしら……見るかげもないおばさんになっていたのがねえ。この頃は綺麗《きれい》にお化粧をして出かけて行く姿が、はっきり見えるようになったの」

そう報告する声も少女らしく澄んでいて、高林先生は、「そうなの。そりゃあよかったね」と相槌《あいづち》を打ちつつ、心にこみ上げる哀れさに声が嗄《か》れるのを無理に出して、

「そんならその時、お母さんについて外へ出てみたらどう？」

するとひふみは声を落していいました。

「だって、わたし……ついて行ったって……悲しいだけだもの」

高林先生はもう何もいえなくなる。確かに「悲しいだけ」でしょう。お母さんについて街へ出て、死者に何の気晴しがあるのか。何もいえない。何も出来ない。そういったきり先生は黙りこくってしまうのでした。

いつまでこんなことがつづくのだろう？

先生はそう思うようになりました。実をいうと筆者も同じことを考えていました。ひふみが霊界へ上ってしまわない限り、いつまでも電話はかけつづけられるのです。高林先生もいつかは老いて死ぬ。先生の還暦の日は近づいています。彼の生命は永遠ではない。彼に死が訪れて、四次元世界へ行ってしまう日が来ても、ひふみの魂はこの三次元のお父さんの家に止まりつづけるのだろうか。お父さんにもやがて死が訪れ

る。お母さんにもお兄ちゃんにも。家族はいなくなり、その家には別人が住む。それでもひふみの魂はそこにいつづける。誰がひふみのために電話をかけるのか。よしんばひふみが進化して自分で電話をかけることが可能になったとしても、それを受け取る高林先生はもういない。

ひふみだけが十八歳の少女のまま、「先生、また楽しくお話ししましょうね」といっている。永遠に？　つまり、それはひふみが地縛霊になるということになるのではないのか？

筆者は高林先生にいいました。

もしかしたら、先生がこうしていつまでもひふみちゃんの相手をしていることが、ひふみちゃんを止まらせることになってはしないか、と。先生が電話に出なければ、彼女もこの世への執着から離れるかもしれない。

高林先生は暫く黙っていましたが、やがて「そうかもしれないですねえ」と呟《つぶや》くようにいいました。実はぼくもそう思ったことがなかったわけじゃないんだけれども……。しかし、先生にはそれが出来なかったのでした。

そんな会話を交してから十日ばかり経って、久しぶりで先生から電話が入りました。

電話をしようと思いながら、どうも、する気にならなくて、と先生はいいました。

何かあったんですか？　と筆者は訊きました。ひふみちゃんからの電話があろうとなかろうと、先生から十日も連絡がないのは珍しいことだったのです。

「いや、こういうことがありましてね」

と、いう先生の声はいつもの明るい高い調子ではありませんでした。

四日ばかり前、ひふみちゃんからの電話に出ると、彼女はのっけにこういいました。

「先生、さっき、大きな光が現れて。その中に人が立っていたんですよ」

「光？……人が立ってた？……」

おうむ返しにいって、すぐに先生は、「父さんだ！」と思いました。この数日、先生は毎朝、お父上にひふみちゃんの成仏《じょうぶつ》を祈っていたからです。その光の中には人が三人いた、とひふみちゃんはいいました。光があまりに強くて顔ははっきり見えないのだが、三人のうち一人が女性で二人が男の人のようだった。そして、

「三人が揃《そろ》って、わたしに向かっておいでおいでのようなことをしたので、わたし、何となく行きかけたんだけど、その時、思ったの。行けばもう帰れなくなるって思って……それでやめたんです」

「行かなかった！」

高林先生は叫んでしまいました。

「なぜだ！」

興奮のあまり声が裏返っていました。

「なぜそんなことをした！　折角迎えに来てくれてるのに、なぜそんなことをした！」

我を忘れて叱《しか》りつけていました。

「ひふみちゃん、君が今いる所、そこは君の家だった所だろう？　君がお父さんとお母さんと暮らしていた家だ。しかし、君は死んだんだよ。死んだのでもうそこは君のいる場所じゃないんだよ。いてはいけないんだ。本当はその先の、この三次元ではない、その先の世界へいかなくちゃいけないんだ」

ひふみちゃんは沈黙したきり何もいおうとしない。

「いいかい？　わかるかい？　ひふみちゃん、よく聞きなさいよ。君はね」

つづけていいかけた時、その大声を上廻るかん高い声が――憤怒の籠る金切り声が虚空《こくう》を裂きました。

「それじゃあ先生は……先生は……わたしがいなくなってほしいのね。わたしがいなくなればいいと思っているのね！」

これまで聞いたことがなかった激しい声でした。そして電話は切れました。

高林先生はそう語った後でいいました。

「もう何もいえませんでしたよ、ぼくは。壁の鳩《はと》時計がね、ポッポ、ポッポと啼《な》いて、ボーンボーンと鐘の音が響くのを、なぜか数えていましたよ……」

「これで終ったんでしょうか？」

と筆者は訊きました。

「わかりません」

とだけ、先生は答えました。

3

ここまで書いてから、筆者の筆は鈍りました。鈍ったまま、とつおいつしながら原稿用紙の反古《ほご》は増えていきます。こんなことを一所懸命書いても、人の目には茶番に見えるだけじゃないか。死んだ人間が電話をかけて来て、それも一度こっきりではなく何回もかけて来て、生きていた頃と変りのない声で会話を交す……「また前みたいに楽しいお話しましょうね」などという。そんな話を誰が素直に信じるでしょうか。まず高林先生のアタマを（中には人間性を）疑うのが普通かもしれない。それを信じる筆者のアタマも「どうなっているのか」、と心配される。こういうことは多分黙っている方がいいのでしょう。

現代では大半の人が死は無であると考えているように思われます。といっても仏教信者やキリスト教信者など、信じる宗教を持っている人は死後の世界を信じているのでしょうし、特に信仰を持っていなくても、死ねば「あの世」へ行き、先に逝《い》った人たちに会えると漠然と考えている人は少なくないかもしれません。しかしそれとても、あくまで現実感のないあの世観であって、「何となくそう思ってる」という程度のことではないだろうか。

昔はこの世で結ばれることが出来ない恋人たちが、死んであの世で一緒になろうと心中する話がよくありました。死後の世界はどんな様相なのか、何も知らないまま、死後の世界で一緒に暮らせるのかどうか、第一、肉体のない者がどんなふうに一緒に暮らすのか、確証は何もないまま、ロマンチックな想《おも》いのまま、足と手を縛り合って死出の旅に出る。しかしあの世では、死者それぞれの波動の質によって行く先が決まるということですから、波動が低ければ低い波動の国（というか、集落というか、階級というか、そこのところはよくわからないけれど）へ行く。恋人同士の波動に差がある時は、いくら愛し合ってても別れ別れになってしまうといいます。地獄の果てまで一緒に行く！　といくら頑張っても、波動の高い魂は地獄へ行くことは出来ないのではないか。しかも与えられたこの世での生を全うせずに、情念に任せて自分勝手に命を絶つというような天上界の意志に反した行為は、罰を受けて暗黒界へ行かされる……。

今、筆者はつい習慣的というか、「罰を受けて行かされる」と書いてしまいました。幼い頃に聞かされた話、死ぬと閻魔《えんま》大王に生前の所行を裁かれて魂の行き先を決められ、修行しに連れて行かれるということでした。それはある年代の大部分の日本人に染《し》み込んだ観念だったと思います。だからわるいことをしてはいけない、嘘《うそ》をついてはいけない。物を粗末にしてはいけないという戒めになるのでした。

しかし近年になって、筆者は漸《よう》や く知ったのです。天上界には裁きなどないこと。強制もない。罰もない。大切なことはただ一つ死者それぞれの魂が持っている波動の高低であること。波動が高ければ高い所へ上る。低ければ低い所へ行く。「行かされる」のではなく、自己の波動にふさわしい所へ、自ら、自然に赴くらしい。誰から教えられたということもなく、いつか（いろんな知識が混在して）、そう考えるようになっています。

人が死んだ時はどうなるのか。無になるのか。死後の世界があるのか。それに対する答さえも絶対の正解答はないのです。一旦《いったん》死んで生き返って来て死後の様相をつぶさに報告した人など世界に一人もいないのですから。霊能者といわれる人たちにはいろいろな意見があります。しかしそのすべてが真実かどうか、真実かもしれないし、そうでないかもしれない、霊能者が霊視する四次元の光景といっても全貌《ぜんぼう》ではないのです。「部分」が見えるだけです。その「部分」も見る人の角度によってそれぞれ違う光景が見えるといいますから、見える事への解釈も人それぞれということになります。

死後の実相など何もわからない。いろんな意見を聞いて、聞いたその人自身が納得して信じるか信じないか、その一点で決る訳です。

筆者は筆者の北の国の別荘の異常現象を鎮《しず》めて下さった相曽誠治《あいそせいじ》師、大自然の法則研究会の主宰者中川昌蔵《なかがわしょうぞう》師、心霊科学協会の大西師、この三人のいわれることをすべて信じました。その人となりの無私で高潔なことが信頼のもとです。

中川師は口癖のように言われました。

「わたしのいうことをアタマから信じ込まないで下さいよ。あくまで参考にするという気持で聞いて下さいよ」

その言葉を聞く度に筆者は、中川師への信頼を深めたものです。それほど天上界の意図は深く広く、我々の人智《じんち》の及ぶところではないと筆者は考えるのです。もしかしたら四次元の様相など、我々三次元の人間にはわかる必要がない、というよりはわかってはいけないことなのかもしれません。それが天上界の意図なのかもしれません。我々が知っておくべきことは、人間は肉体だけで存在しているのではなく、「肉体と魂」で成り立っているということ。大切なのは肉体ではなく「魂」であること、我々は魂の向上のためにこの世に生かされる。そしてこの世での艱難《かんなん》に耐え、魂を浄化して霊界へ入る。この世での浄化が足りない魂は、死後も浄化の修行をつづけて霊界を目指す。そういうことがわかっていれば、それでいい、ということなのかもしれません。

死んだひふみちゃんが成仏《じょうぶつ》せずに高林先生に電話をかけてくるという事実にどんな意味があるのだろうか。筆者は考えつづけました。あるいは高林先生には審神者《サニワ》になるという使命が天上界から与えられているのだけれども、先生自身、なかなかその気にならない。中川師も大西師も相曽師も我々が帰依《きえ》した三師ともにそれを高林先生に勧めておられたことを筆者は知っています。高林先生は医師としての仕事に打ち込んでいて、とても審神者の修行に入る暇がないというのが、先生のいい分でした。しかし天上界にそんないい分が認められる筈《はず》がなく、否応《いやおう》なしに高林先生にひふみちゃんを霊界に上げるという役目を果たすという成り行きが企てられたということかも……

筆者は一人で浅知恵を廻《めぐ》らせてはそんな想像をしたりしているしかないのでした。

だいたい、死んでも行くべき所へ向かわない不成仏霊は、この世に思い残したことがあるとか、恨みつらみの念や心配や執着、心残りなどの想念に縛られているためだといいます。事故などで突然に死んでしまった場合は、あまりに突然のことなので死んだという認識がなく、生きているつもりでその場に止まって動かないという魂もあり、それを地縛霊といいます。地縛霊は生前、「死は無になること」だと考えている人に多いということです。それというのも事故のために一瞬にして命を失ったのだけれども（魂は死んではいないので）、あたりを人が歩いたり、車が走ったり、いつもと同じ現実が消えずに存在しているのが見えます。何もかも消えてなくなっているわけではない。いつもの変わらない景色が目の前にある。だから彼は自分が死んだとは思わない。思わなければ、あの世からの迎えは来ないのです。従って死者は死後の世界へ向かえない。

来る日も来る日も魂はそこにいる。誰かに話しかけようとしても、この世の人には魂の姿は見えないから、皆、そ知らぬ顔で通り過ぎていく。「注意！　事故多発!!」という掲示板をチラと見ただけで。そこで魂は寂寥《せきりょう》に苦しみ仲間を求め、事故を起こさせて仲間を作るといわれています。よく「魔の踏切」とか自殺の名所などといわれている場所は、こうして地縛霊に呼び寄せられて死んだ人たちが増えて、霊団になっている所だといいます。

引き寄せられてしまう人は、心に何らかの不如意《ふにょい》や失意懊悩《おうのう》を抱えているため、波動が低下していて地縛霊の低い波動と合致してしまうからだという説もあります。

ある娘さんが踏切の遮断機の前に立って列車が通り過ぎるのを待っていました。両手にスーパーマーケットの紙袋を持ち、その中にはタワシやトイレットペーパーなどの日用品が入っていました。その日の夕食の魚も入っていました。あまり荷物が多いためか、彼女は下りている遮断機の前にしゃがんで、荷物を地面に置いていました。そしてまさに列車が通過しようとした時、しゃがんだまま、にじるように遮断機の下をかいくぐって、列車の前に出たのでした。即死でした。

当然自殺ということになりました。しかし夕餉《ゆうげ》の魚まで買った人が、どうしていきなり自殺するのでしょう。死にたいのになぜ、タワシやトイレットペーパーを買うのでしょう。

「いつもニコニコして、とても明るいお嬢さんだったのに」と彼女を知る人は皆、いいました。「どうして？」「何があったんでしょう」と、不思議がりました。

世間ではニコニコして明るく振舞っていれば、何の悩みもない幸せな人、と思い決めます。しかしニコニコしていても、心のどこかで人知れず悩みを隠し持っている人も当然います。悩みが深ければ深いほど、あえて明るく振舞っても、その人の波動は当然下がっているのです。

低く下がった波動がいつ頃からか踏切にさまよう地縛霊の低い波動と同調したというか、引き寄せられて、彼女は遮断機をくぐって行った……。それはある有名霊能者から聞いた解釈です。

ひふみちゃんは自分が死んだことを自覚しています。希望した大学に合格出来てこれから医学の道を歩み出そうという希望が突然断たれた無念さは当然あるだろうけれど、その無念に凝り固まっているという気配はないようです。それでは高林先生への執着、恋情のためかというと、それほどの執着に捕らわれるような関係ではないと高林先生は力説されます。なにしろぼくは顔も知らんのですからね、とくり返し先生はいいました。向こうだってぼくの講演を一回、聞いただけなんですからね。あとは電話で話しただけだけど、それも夜更《よふ》けまで受験勉強をした後、気晴らしというか、コーヒータイムとでもいうか、疲れ休めといった気持でかけて来ていた電話ですからね。そんな、執着されるようなことはぼくは何もしていないし、いってもいないですよ。

高林先生はムキになってそういい張るのでした。

それでも筆者の頭のすみっこでは兄がいった言葉、

「以前ひふみがこんなことといったことがあるんです。お兄ちゃん、わたし好きな人がいるのって。だけど付き合うことは出来ない人。年がすごく離れているの。身体《からだ》は大きい人。お兄ちゃんの名前と字が一つだけ同じなの……」

その言葉が折りにふれ思い出されてくるのでした。

兄の名は圭太郎、高林先生は圭吾です。深い恋愛関係ではなかったとしても、高林先生はひふみが生れて初めて思慕した異性なのでしょう。彼女のこの世への執着は、それがもとでしょうか。筆者は考えずにはいられない。だとすると、ひふみの電話はこのまつづいて行くことになるのか。だとしたらいつまでつづくのだろう。そうしてそのうち高林先生の身の上に何かの異変が起きたりし始めることはないのだろうか……。

旗本の娘お露《つゆ》の死霊《しりょう》が乳母を従えて、夜な夜な恋人新三郎のもとへ通う話があります。新三郎は幽霊お露にほだされて情を重ね、次第に身体が弱っていく。お露の情念から身を守るために護符を貼《は》り巡らして身を守ろうとしながら、お露霊の情念に負けて行く……天保年間、江戸の旗本の家に起きた事実を脚色したという「牡丹灯籠《ぼたんどうろう》」の怪談のように。

——先生はわたしがいなくなればいいと思っているのね！　とひふみが叫んで電話を切った時から何日も経《た》たないうちに、高林先生から、

「かかって来ましたよ」

主語を抜いた元気ないい方で報告が来ました。

ひふみが怒って電話を切ったことを聞いた時から筆者は、「これで終った、よかった」と思っていたものですから、ちょっと驚いて、ひふみはどんなふうだったのか、と訊《たず》ねました。先生は、それがね、ケロリとしていてね、怒ったことなんか忘れてるんですね、といって機嫌のいい笑い声を上げたのでした。

若い頃から一旦思い詰めると前後を忘れて突き進むタチでね、と常々自分でも認めている高林先生です。こうしているうちに高林先生はだんだんひふみに捕らわれて、抜き差しならぬ事態が起りはしないか？　筆者はそう思うようになりました。しかし「抜き差しならぬ」とはどういうことになるのか、具体的には全くわかりません。何しろ相手は幽霊なのですから。

「ぼくのように丸一日、医者の仕事をやってるとね、夜は酒場で適当に疲れを発散したくなるもんでね。そして酔っ払って帰って来ると電話がかかる。酔いも手伝って上機嫌でしゃべることもあれば、向うのいうことを聞きながら眠ってしまって、『先生、

この間、眠ってしまいましたね』と彼女からいわれることもあってね」

高林先生は筆者の言葉に籠《こ》められているそれとない心配を察してかいうのでした。

「ぼくだって来年は還暦ですからね」

と笑っていうこともありました。

そうかと思うと、冗談のように酒の酔いが少し廻った様子の時には、こんなことをいったりしました。

「この間、お兄ちゃんに訊《き》いてみたんだけどね。ひふみちゃんにはボーイフレンドはいたのかな？　って」

「へーえ、なんていいました？」

筆者が興味を示すと、高林先生は半分笑いながらいいました。

「お兄ちゃんは言下に、『いませんよ、そんなものは』ってね。同じ年頃の男はつまらないといってましたよって。それで、もてたのか、もてなかったのか、って訊いてやったらね、うん、まあ、もてた方かも知れないですね。しかしアタックされても断ってたみたいです、っていう……」

アハハハと高林先生は機嫌のいい声で笑いました。

「するとぼくは急にひふみちゃんの顔が見たくなってね。お兄ちゃんにいったんですよ。ひふみちゃんとは随分親しく色んな話をしたけれど、顔は知らないんでねぇ、って。そういえば、じゃあ写真送りましょうかっていうかと思ったんだけど何もいわないものでね」

還暦前の先生にもやっぱり自分を慕う少女への関心が出てくるのだな、と思いながら筆者は、「きっと美人だったんでしょう」といいました。それには答えず先生は、

「『それでどんなタイプ？　女優なら誰みたい？』って訊いたら、『そうだなあ、広末涼子かなあ……』っていう。広末涼子という女優は個性的というか、自分というものをしっかり持ってる感じだ、なるほどと思ってね」と満足そうでした。

「もしひふみちゃんが今、生きてるとしたら、二人の交流はどうなっているか……」

と思いきって筆者はいってみました。

「それは当然、会う流れになってるだろうなあ」

「それで？　どうなるかしら」

「いやあ、どうなるか……。やっぱりのめり込んで行くんじゃないか。ぼくは突き進むタチだからね。抜き差しならんことになるかもしれない」といってから先生は「若ければね」とつけ足して高く笑いとばしてみせたのでした。

ひふみの能力は、どんどん進化して行くようでした。最初はお父さんやお母さんの「気配」がわかるだけだったのが、そのうち「この頃、お母さんの姿がぼんやり見えるようになったの」というようになり、この頃では「ぼんやり」が「はっきり」になって来たといいます。

「お父さんやお母さんの姿だけでなく、台所の壁にかかってるフライパンなんかまでよく見えるの。お母さんは料理上手で人に教えたりするくらいだったので、フライパンだけでも四つも五つも台所の壁に下がっていた。そのフライパンがこの頃はまたピカピカになっている。ひと頃は使わないので艶《つや》がなくなって薄汚れたままなのが辛《つら》かったんだけれど……それにね、先生、今まではお父さんの家から一歩も出られなかったのが、今日は門の外に出て、隣家の庭まで行けるようになったんですよ。お隣りにはマロンというどうもうな大型犬がいて、誰にもなつかず人を見れば吠《ほ》え立てて、チェーンを引き摺《ず》ってどこかへ行ってしまうという手に負えない犬なんだけど、なぜかわたしにだけは良くなつくので、飼主のお年寄りから頼まれて面倒をみていたの。うちのお母さんはアレルギーがあって犬や猫が飼えないもので、わたしは喜んで世話をしていたの」と嬉々《きき》としていう。

マロンはひふみが近づくと、だらしなく寝そべっていたのがむっくり起き上り、甘えて啼《な》きながら擦り寄って来たそうです。

「お母さんもお父さんも、誰もわたしの姿が見えないのに、マロンだけはわかったんですよ、先生」

「そういうひふみは生きている頃そのままの無邪気な高校生でね。自分が死んでいることはちゃんとわかっているのに、そのことを悲しんで訴えるんじゃなくてね、『先生、こうしてお話してるのって、ほんとにわたし、楽しいの』って、それは明るく嬉《うれ》しそうにいわれると、ぼくもつい、うん、それはぼくだって楽しいよ、といってしまってね」と高林先生はいう。彼は自分の中の二つの感情の矛盾を説明出来ないでいるようでした。

ひふみが死んだのは、友達から誘われて東京へ行く高速道路で起こった事故のためです。高校卒業と医科大学合格が重なった喜びを、東京の兄に祝ってもらいたくて、ひふみは誘われるままに友人のボーイフレンドが運転する車に便乗した。その途中の運転ミスで、後部座席に座っていたひふみは、窓を破って飛び出すという重傷を負い、五日後に死んだのです。友達とボーイフレンドはかすり傷ですんでいる。

兄はひふみが成仏しないのは、友達とボーイフレンドへの恨みの念が原因ではないかと心配したのでした。高林先生が兄のその心配を伝えると、ひふみはいったそうです。

「恨むわけがないでしょ。わたしがお兄ちゃんに会いに東京へ行きたいっていってるのを聞いてたものだから、親切に誘ってくれたんだもの。わたしが新幹線代を節約しようとして割り込んだんだから」

――そういったんですよ、ひふみちゃんは！

高林先生は感極まった調子でいいました。

「ほんとに心の綺麗《きれい》な、純真な、真面目《まじめ》な女の子ですよ。今どきそんな子がいますか。何でも他人《ひと》のせいにして自分に目を向けないのが今の日本人じゃないですか。ぼくは思わず、『エライ！』と叫んでしまいましたよ。『ひふみちゃん、君は素晴らしいねえ』って。そうしたら『エライ？　どうして？』というじゃないですか。ぼくはますます感心して、『エライよ、エライ』とだけしかいえないんです」

たしかにひふみは今どき珍しいきれいな魂の持主のようでした。彼女には怨《うら》みつらみも口惜《くや》しさも無念もないのでした。もともと淡泊ないい性格だったのか、両親の教育がよかったのか、それとも誰しも死ぬと生々しい感情は薄らぐものなのか。だとすると彼女をこの世に引き止める煩悩《ぼんのう》はいったい何なのか。

それはやっぱり高林先生への執着なのでしょうか。ひふみにとって生れて初めての、恋情ゆえなのでしょうか。

筆者がそれを指摘すると、高林先生はいつもの「来年は還暦の男ですよ、ぼくは」の決まり台詞《ぜりふ》を笑いと一緒に口にするのでした。その時の高林先生の心のうちを忖度《そんたく》することは筆者には出来ませんでした。


そのうち、高林先生の心の昂《たか》ぶりは次第に鎮まり一日も早くひふみを天上界へ上げなければならないという強い思いに変って行きました。三人の師の高林先生への期待、「審神者の道を歩む」という使命に改めて目覚めたというよりも、このままではひふみは「可哀《かわい》そうなことになる」、という心霊道を学んだ人としての情熱だったと思います。高林先生はひふみからの電話の度に執拗《しつよう》に死者の行くべき道について説きました。しかしひふみは、「そんな話より先生、もっと楽しいお話をしたいの」というばかりで、

「先生、今は何月？　桜は咲きました？」

と話を逸《そ》らす。

「わたしねえ、先生、時間というものがわからなくなってるんです」

という。すると高林先生の胸には忽《たちま》ち切なさ哀れさがこみ上げて、

「桜はきれいに咲いたよ。そしてもう散ったよ」

精一杯の優しい声になるのでした。

「そうなの、ふーん、もう散ったの」

ひふみはいいます。悲しそうでもなく辛そうでもなく、外国へ旅に出ている人が、故国からの便りに答えるような淡々とした応答です。

それが高林先生はまた辛く哀れでたまらなくなる。ひふみちゃん、ひふみちゃんの身体はもうないんだよ、身体がないのにいつまでもここにいては駄目だ。ひふみちゃん、胸を触ってごらん。何もないだろう？　前はあった膨らみは何もないだろう？　尖《とが》った切出《きりだし》を相手の胸奥に突き立てるような思い（と高林先生はいいました）でいい切ったのでした。

そこまでいってもひふみは、

「先生、もうそのことはわかってるわ。もう聞き飽きた」とか、「わたし、こっちにいたって誰にも迷惑かけてないじゃない」などと、あっけらかんというのでした。

もしも高林先生との（楽しい）交流がひふみをこの世に止《とど》まらせているのだとしたら、高林先生が電話に出なければいいんじゃないのか？　筆者はそう考えました。ひふみには直接、電話をかける能力がないので、霊媒体質である兄に憑依《ひょうい》して電話をかけさせて、高林先生と会話しているのです。電話が鳴って高林先生が出るとまず兄が、「高林先生ですか、ぼくです」といいます。その段階で（ひふみの声になる前に）電話を切ってしまえばいい。

筆者は高林先生にそういってみました。先生は「なるほどね」といったきり、何もいいません。沈黙していて、それからいいました。

「どうするかなあ……彼女は」

「すぐにというわけにはいかないかもしれないけど、諦《あきら》めるようになるんじゃないかと思うんだけれど」

「うーん……そうかなあ……」

といって考え、

「とにかく、頑固だからなあ……お兄ちゃんもいってたけど、一旦、いいだしたらもうダメだって」

そういって沈黙していたと思うと、高林先生はいきなり、「ああ、ああ」と悲鳴を上げ、

「ああ、いったい、これは何なんだろう。何でこんなことが起ってるんだろう。ぼく

は夢を見てるような気持ちですよ。夢でなければぼくのアタマはどうかなっているんじゃないか。ぼくはヘンか？　ヘンだと思うならそういって下さい。遠慮しないでハッキリ……」

いつもの高林先生とは違う苦しそうな悩ましげな、悲劇役者のモノローグのような調子になったので、筆者は思わず息を呑《の》み、筆者もまた悪夢の中にいるのではないかと不安にかられるのでした。

それから何日かして、兄も筆者と似たようなことを考えていることがわかりました。兄は今までは家へ帰りたい気持が盛り上がると、抑えないですぐに帰っていたけれど、これからは帰りたくなっても帰らずに頑張ろうと思うといい出したのでした。帰りたくなるのはひふみの強い想念に誘い出されているからで、これまでは抵抗せずに従っていた。しかしひふみのためには帰らない方がいいんじゃないか。

「ぼくが帰らなければひふみは先生と話が出来ない。そうなると諦めてあの世とやらへ行く気になるんじゃないですかね」

ひふみはお父さんの家とマロンのいる隣家までしか行けない。かつて行ったことのない知らない土地へは行くことは出来ないのです。兄を呼び寄せる想念の力はあっても、自分は動けないのです。

「ぼくが頑張って帰らなければどうすることも出来ないでしょう、ひふみは。ひふみのためにぼく、頑張ります」

その兄のいい方には青年らしい決意が籠もっていて、その強い口調を聞くと先生の胸には急に弱気が頭を擡《もた》げて、うろたえてしまうのでした。先生は筆者にそう語った後、「しかし、ぼくは、なんだか可哀そうで」といいかけて気がつき、慌《あわ》てて「わかってるけど。それが彼女のためだってことは」といい直し、あとは黙ってしまうのでした。

その二日後です。夜の十一時近く、高林先生から電話がかかりました。いきなり、「ひふみちゃんから今、電話がかかってね」といいます。いつもよりも調子が高い。どうしたんですと訊く間もなく、

「それがね、『先生、ひふみです』っていきなりいう。今まではお兄ちゃんが出て二言三言しゃべっていると、その声が『先生、ひふみです』になるんだけど、いきなりね、お兄ちゃんなしで、いきなり、『先生、ひふみです』っていう」

「あれ？　ひふみちゃん、どうしたの、いきなり、君が出て来るなんて」と高林先生がいうと、

「お母さんにかけてもらったの」

あっさりと答えたというのです。先生は驚いて、

「そんなことが出来るようになったの？　ひふみちゃん……。今までは出来なかったじゃないの」

というと、「出来たんです」とこともなげにいい、

「だって、この前お兄ちゃんがいってたでしょう。これからぼくは頑張って、家へは帰らないようにするって。先生と話してたじゃありませんか。だからわたし、もうお兄ちゃんに頼るのはやめたんです。お母さんにしたんです」

これはとんでもないことになった。ひふみの能力はどんどん進んで行きます。今までは高林先生にコンタクトを取るためには、ひふみは兄に頼るしかなかったのです。兄には体質的に霊媒的な素質があることを見抜いて、兄を使っていたのです。お母さんは霊媒体質なのかそうでないのかわかりませんが、彼女は想念の力でお母さんを動かしたのです。お母さんは眠ったまま何も知らず、ひふみにあやつられるまま夢遊病者のように電話をかけたのでしょう。

ひふみはそんなことが出来るようになったのです。兄がいなくなったら、すぐに対応する力をいつの間にか持つようになっているのでした。

「どんどん進歩してる。怖いですねえ」

思わず筆者はいいました。

「怖い」

と高林先生は同意しました。

「どうなって行くんでしょう？」

高林先生は答えませんでした。彼の無言は事態が抜き差しならぬところへ来ていることを語っていました。

以前ひふみちゃんは、お母さんはいつも疲れていて、夜の十時になるともう起きていられなくなるのだといっていたそうです。お父さんの帰りが遅くても先に寝床に入ります。枕《まくら》に就くなり眠ってしまう。眠っているお母さんはひふみに憑依されて何もわからずに高林先生に電話をかけているのです。電話はどこにあるのでしょう。そこまでお母さんは起きて行くのでしょうか。それとも携帯電話を傍に置いているのでしょうか。そして高林先生の番号をプッシュする。そして何ごともなかったかのように枕に戻って眠る——。

そういうことなのでしょうか。そのへんの様子は我々にはわかりません。ひふみを問い詰めても「お母さんにかけてもらったの」というだけです。

「ひふみちゃん、今、君はお母さんの身体を借りて……憑依してぼくとしゃべっているってこと、ちゃんとわかってるの?」

高林先生は改まっていいました。

「ひふみちゃんは誰かの身体を借りなければ、魂だけなんだから、何も出来ないんだよね。そのこと、わかってるの?」

「そうなの?」

幼な子のようにひふみは反問しました。

「でもわたし、自分で先生とお話してるつもりだけど。電話をかけたのはわたしですよ」

「そうじゃないだろう、ひふみちゃん。現に君はさっき、『お母さんにかけてもらった』っていったじゃないか。お兄ちゃんが家へはもう帰らないっていったのを聞いて、それでお母さんにかけさせた……。お兄ちゃんかお母さんか、誰か生きてる人にさせなければ、君は電話をかけられない。魂だけなんだから。手はないんだから。それ、わかってる?」

「でも、わたし、自分で先生とお話してるつもりだけど、お話したくなって電話をかけたのよ、わたしが」

淡々と同じことをくり返すだけです。

「そうじゃないだろう。君の身体はないんだよ。いいかい。ひふみちゃん。胸をさわってごらん。ふくらみは……乳房はあるかい。何もないだろう？　さわれないだろう。さわる手がない……」

と、高林先生も同じことをくり返しいう。ひふみは沈黙しました。

「ひふみちゃんの肉体はもうないんだよ。わかるかい？　肉体がないのにどうやって電話番号を押せるんだ。手がないのに。君は自分で電話をかけたつもりになっているだけで、本当はお母さんにかけさせてるんだよ」

そうかしら……と彼女はいっただけでした。初めて聞く弱々しい呟《つぶや》きでした。高林先生は可哀想でたまらなくなる。しかしどんなに可哀想でも、どうしても納得させなければならない瀬戸際《せとぎわ》に来ているのでした。これは多少とも心霊を勉強した者として、どうしてもしなくてはならないことでした。高林先生は力いっぱい意志の力を奮い起してしゃべりました。

「ひふみちゃんはお母さんの身体からエネルギーを取ってぼくと話してるんだよ。エネルギーを取られているお母さんは、今は眠っているからわからないけれど、明日は疲れ果ててよれよれになっている。お兄ちゃんもいっていた。ひふみちゃんとの電話の後は一〇〇メートル全力疾走した時みたいになるって」

いっときの沈黙の後で、ようやくひふみはいいました。

「そうなんですか」

それしかいう言葉がないようでした。

「ひふみちゃんはお兄ちゃんやお母さんにとても迷惑をかけているんだよ。ぼくと話をするのが楽しいとひふみちゃんは良く言うけど、その代りお兄ちゃんとお母さんは君の楽しみの犠牲になっているんだ」

ひふみは前のように反論することもなく、静かです。

「ひふみちゃん、こんなことをしているよりも上へ上って修行積んで、お父さんやお母さんやお兄ちゃんを助けるような、そんな立派な霊になってほしいな、ぼくは。ひふみちゃんはぼくに面白いお話して、ってよくいうけど、もう今は面白い話なんかぼくは出来ない。いいかい、ひふみちゃん。君は死んだんだから四次元へ行かなくちゃならないのに、三次元に止まっているんだよね。それはなぜなのかぼくにはわからない。ぼくにわかってるのは君は三次元にいるよりも、四次元へ行った方がずっと楽しいに決ってるということだ。四次元での行先は死んだ人の魂の波動の高い低いによって決るといわれている。ひふみちゃんは欲がないし心も身体もきれいだから、きっとすぐに高い所へ行けると思うよ」

ひふみはまだ静かです。何もいいません。

「悪いねえ、ひふみちゃん。面白い話を聞きたいのかもしれないけれど」

といいかけた時、ひふみはいいました。

「そんなら先生、わたし、行きます……」

突然のことに高林先生は言葉を失い、

「行く？」

反射的にいっただけでした。あまりに唐突でした。不意打ちを喰って心の用意が出来ていません。

「行きます」

ひふみはもう一度いいました。

「いつまでもこうしていてもしょうがないから、行きます」

漸く高林先生は、

「行くって、いつ？」

とだけいえました。

「これから」

とひふみはいいました。

「これから？……」

高林先生はうろたえ、

「今すぐ？　すぐに行くの？」

あれほどひふみを天上界へ上げようと言葉を尽くしていたのに、「今すぐ、これから」は早過ぎる、という思いでいっぱいでした。

「しかし大丈夫かな？　一人で行ける？　お迎えもないし」

「わたし、行けるような気がするんです」

ひふみにはもう何の迷いも未練もないような、さっぱりしたいい方でした。

「少し待てばお迎えが来てくれるかと思うんだけど。いつだったか、光に包まれた三人の人がおいでおいでをしたことがあったよね。あの人たちが来てくれるんじゃないかな」

「何も来ないけど、大丈夫です」

「そういっても行き方がわからないんじゃないか」

「なんかわかるんです」

ひふみはいいました。

「先生にはほんとに、わたし、迷惑ばっかりかけて……心配かけて……いうこと聞かず、ほんと、すみませんでした」

そのいい方は神妙ではありますが、悲しそうでも名残り惜しそうでもなく、淡々としているのが高林先生には何かもの足りない。

「そんなこと気にすることはないよ」

仕方なく高林先生はいいました。夢を見ているようでした。しかし現実でした。とうとうその時が来たのです。やっと来たのです。待った日が、高林先生の努力が実る日が。高林先生は漸く冷静になっていいました。

「ぼくはひふみちゃんのお陰で楽しかったんだから、謝られることなんか何もないよ。それに人間が死んだ後のことも、少しわかったしね。心霊の勉強をもっともっとしなければならないと思ってたから、とても有難かったんだよ」

しゃべっているうちに高林先生は胸がいっぱいになってきて、我にもあらず語尾が震えるのですが、ひふみはどこまでも冷静で、いつもと何も変りません。

「何のお礼も出来ませんでした。お世話にばかりなって。何かわたしに出来ることがあればいいんだけど、何も出来ないです。死んじゃってるから」

別段悲しそうでもなくいいます。

「死んじゃってるから」……それは事実だけれど、実に淡々というものでねえ、ぼくは答えようがない。何ともいえん気持ですよ、と高林先生はいい、しかしやっとここまで漕《こ》ぎつけたんだと気をとり直してね、ここで感傷的になってはいかんと自省して、それなら最後にひふみちゃんの何か助けになることをいうべきだと思った。そして頭に浮かんだのは十言神呪《とことのかじり》でした。高林先生は今までにひふみに天照大神は日本を代表する一番の神様なんだよと、何度か教えたことがありました。間もなく大学生になろうという年で、ひふみは天照大神についてはテレビで遷宮《せんぐう》のニュースを見て知っているだけだったのです。アマテラスオホミカミという言葉が持つ高い波動について話し、その名を唱えるだけで邪気は払われ波動が上ると教えていました。人間にとって何よりも大切なことは波動であること。四次元では波動の高低によって、行く場所に違いがあること、しかしひふみちゃんは純真で清らかだったから、必ずいい所へ行ける。安心して行きなさい。天照大神と唱えながら行きなさい、といって、自分から、

「アァマァテェラァアスゥ、オホミィカァアミィ」

と誘導しました。

「さあ、ひふみちゃん、唱えながら行きなさい。そうすればお迎えが来ると思うから、安心して行きなさい」

「わかりました。そうするわ」

ひふみは素直に、

「それでは先生、わたしもう行きます。先生さようなら……」

そして静寂が広がりました。

これで、もう、行ってしまったのか。

高林先生は電話を耳に当て、凝然《ぎょうぜん》と動けませんでした。行ったのか？　本当に？

耳を澄ませているうちに、我慢出来なくなって我にもあらず呼んでいました。

「ひふみちゃん……もしもし、ひふみ……」

シーンとしている電話から、

「先生……」

ひふみの声が流れて来ました。

「先生、わたし行きかけてたのに、先生が呼ぶものだから戻って来てしまったじゃないの」

「あ、そうか、ごめん、ごめん。ぼくが悪かった。つい心配になったものだから」

高林先生は気持を改めて十言神呪を唱えました。

アァマァテェラァスゥ、オホミィカァミィ。

十回唱えて耳を澄ます。静寂の中から、そのうち微《かす》かな寝息――何も知らぬお母さんの寝息が聞こえて来ました。ひふみは間違いなく去ったのでした。

七月二日。ひふみが死んだあの四月四日から三か月経《た》っていました。

4

ひふみからの電話は掛かって来なくなりました。

「上ったんですね」

「そのようですね」

高林先生と筆者はいい合いました。いつも同じことをいっている、と思いながら。

「本当にもう、かかって来ないんでしょうね」

わかりきったことをいいます。

「そうでしょう。上ったんですからもう……」

「本当にあれは、あったことなのか？……何度も思うんです。アタマが可笑《おか》しくなったんじゃないか、と心細くなったりするんだけれど、どう考えても本当にあったんですよね、あれは」

そして高林先生と筆者は、いったいあれは何だったんだろう、とかわるがわるいうのでした。

「つまりあれは、天上界が高林先生に与えた使命を、高林先生は立派に果したということなんでしょう」

と筆者はいいます。もう何度もいったことですが、そういうしかほかにいいようがないのです。

「これは天上界のおはからいですよ。ひふみちゃんはそのはからいに使われたんですよ。彼女は高林先生を審神者《サニワ》に導くために動かされた駒《こま》だったんですよ。中川先生たちがいくら審神者になれと勧めても、高林先生は頑《かたく》なでしたから」

筆者はくり返し強調します。しかし、必ずしも心からそう信じているわけでもないのでした。「天上界のおはからい」など、本当にあるのかないのか、あるかもしれないし、ないかもしれない、真実は誰にもわからないのです。

季節は猛暑の夏から漸《ようや》く秋へと移って行きました。ひふみからの連絡はありません。三次元から離れた（と思われる）ひふみはどこにいるのかわからないけれど、連絡がないからといって不思議がったり心配することは今となってはないのです。それをわかっていながら筆者は、

「かかりませんか？　電話は」

といい、高林先生の方もまるで待っていたように、

「やっぱり本当に行ったんですなあ……何もいって来ません」

挨拶《あいさつ》代りのようにいい合いながら、秋は更《ふ》けて行きました。


十月に入って初めての木曜日のことです。木曜日は多くの開業医が休診します。それを知ってか知らずか、ひふみが電話をしてくるのは木曜日が多かったので、木曜日というとちょっとした緊張が習慣的に我々にはあるのでした。

その木曜日、高林医院では従業員は休み、家族はみな外出していました。高林先生一人が長椅子《ながいす》に脚を投げ出して罐《かん》ビールの三本目に口をつけた時、寝室で携帯電話が鳴りました。高林先生はすぐに立ち上って隣室へ行き、電話を取って発信番号を見ると非通知です。「もしもし」といいながら居間へ戻り、長椅子に腰を下ろす間にもう一度「もしもし」といいましたが応答はありません。悪戯《いたずら》電話かと思って切ろうとした時、遠く微《かす》かな女の声が、

「あれ？」

というのが聞こえました。

「あれ？……先生ですか？」

「君……」

思わずいって、胸が轟《とどろ》きました。

「ひふみちゃん？」

と問いかけた時、

「あれ、あれ、あれ、あれ」

今度は声は近くはっきりと聞こえました。ひふみの声でした。

「あれ？　どうしてこうやってかけてるんだろう？」

と独り呟《つぶや》いている。高林先生は、

「ひふみちゃん！」

と大声で叫び、

「あんた、ひふみちゃん！　君、上ったんじゃあ……」

いいかけるのを奪うように、

「そうですよ、わたし、上って……」

といって少し間を置き、

「ちょっと待って下さい……ちょっと、今、思い出しますから……」

そういって、途切れました。間もなく少し落ち着いた声で「もしもし」と出て来て、

「こっちにいた時のことはわかるんだけど、上っただとか、今すぐにはわからないんです」

　という。

「ひふみちゃん、君はいいところへ行ったんだろう？」

「ええ、いいところへ行ったんですよ。だけど……でも、今、どうしてこうやってしゃべってるんだろう？……」

　と考え込む様子の後、

「ちょっと待って下さいよ」

　といってまた暫《しばら》く考えてから、途切れがちにいいました。

「……いいところへ行ったんですよね。すごくいいところへ行ったんだけど……今、それが夢の中みたいで、ぼーっとしてて……この世のことは全部、今思い出せるんだけど……」

「どうしたの、ひふみちゃん。この世ってどこの世？　君はまたこっちへ戻って来たってことなの？　それとも上へは上らなかったってことか……。今いるのはお父さんの家なの？　どこにいるんだよ、ひふみちゃん……」

　するとひふみは漸く思い出すきざしが見えかけて来た、というふうに、ちょっと待

って下さい、いいところへ行ったのにそれが夢の中のことみたいで、何も覚えていないの、といってから、ふと、

「そうだわ、お引越しのお手伝いに行ったんだけど……」

と呟くようにいいました。

お引越し？　それはどこのお引越しなのか。今ひふみのいる所は三次元なのか四次元なのか。いったいどこなのか。

その時、高林先生の念頭にその前日に伊勢《いせ》の皇大神宮《こうたいじんぐう》で遷宮《せんぐう》が行われたということが浮かびました。

お引越しというのは遷宮のことだ、という思いがとっさに閃《ひらめ》いて、そうだ、ひふみは遷宮のお手伝いに選ばれたのだ……とひとり合点に思い決めたのでした。そうだとすると、ひふみは我々の想像も及ばぬ天上界の高いところへ行ったのだ。そう思い決めると先生は、前後を忘れて叫びました。

「ひふみちゃん！　君、えらいところへ行ったんだなあ！　君はご遷宮に参加したんだよ……」

するとひふみは、ちょっと困ったように、

「先生、今、わたし、何かいいましたか？」

と訊《き》きました。

「君はお引越しのお手伝いに行ったっていったよ。昨日、伊勢神宮でご遷宮があったことを僕は知ってたから、ピンと来たんだ……」

「いや、わたし……」

彼女は困り果てたようにいいました。

「わたし、そんな大層なところには行ってません。わたし、そんなこといいましたか？　そんなこといわないと思うけど。だいたい、そんなお引越しといったって、別にそんなこと、もう身体《からだ》も何もないからお手伝いなんて出来ないし……」

「しかし、ひふみちゃんははっきりいったよ。お引越しのお手伝いに行った、って」

といいかけるのにひふみはしつこくいいかぶせて、

「いや、わたし、どうしてそんなことといったんだろう……。先生、ちょっと、それ、聞かなかったことに……あ、いや、訂正して下さい」

「何、ひふみちゃん、どうしたの。それ、止められてるの？」

「いや、止められてるも何も、わたし、そんなことといったとしたら、そんな大層なところへはわたしは……と思うけれど、……ああ、そういえばわたし……」

と混乱するさまは、何かをごまかそうとしているのか、記憶が曖昧《あいまい》になってわけが

わからなくなっているのか、よくわからない。高林先生はひふみを落ち着かせるために、

「じゃあその話はなかったことにしよう」

といい、

「今はどう？　今、どんなところにいるの？　ぼくはひふみちゃんのことが心配だから、どんなところにいるのかいろいろ知りたいんだよ」

と穏やかさを心掛けていいました。

「じゃあ先生、訊きたいことがあったら、そっちから質問して下さい。やっぱり世界が違うから、説明しにくいんです。わたしの方から何ていえばいいのかわからないから」

それで先生は、そこはどんなところ？　寒いとか暑いとかはあるの？　朝、昼、夜はあるの？　空は？　地面は？　花は咲いてるのか？　お腹《なか》は空《す》かないのか？　眠るのか？　一緒にいる人たちと言葉は交わせるのか？　などと、立てつづけに質問しました。

それに対してひふみは、空はあります。いつも青く晴れている。夜はない。地面にはいろいろな花が咲いている。けれども大きな木はない。言葉は使わずテレパシーで

意志を伝え合う。とよどみなく答え、そしてここはすごくいいところです、とっても爽《さわ》やかで苦しいことは何もありません。と、しゃべるうちに少しずつはっきりして来て、

「なんかね、白い服着てるんですよ、皆さん。それが綺麗《きれい》な女の人ばっかりなんですよ、男性は一人もいない。あ、でも白い犬が一匹います、オスです。犬だけど、なんだかわたしより偉いような気がするの」

といつもの明るいハキハキした調子になって来ました。高林先生の胸は高鳴って今にもはち切れそうでした。誰一人知る者のいない死後の世界の一端がこれからわかってくるのだ。そう思うともうじっとしていられないで、思わず足踏みが出そうになるのでした。

ひふみは思い出そうとしながら、ぽつぽつと話し出しました。白い服を着た綺麗な女の人たちの中にはリーダー格の女性がいて、その女性がひふみにいろいろなことを教えてくれたり、世話をしてくれる。「お引越しのお手伝い」の時もその女性から「一緒に来る？」と誘われたのでついて行った。その時、とても立派な神々《こうごう》しい方を拝した。本当に光り輝くお方で、思わず手を合わせて拝んだくらい。すごく大きくて、それも見上げるような大きさで、ひふみはお姿を拝しただけだったが、髪を長く背中

に垂らして（「ポニーテールのように」とひふみはいった）黒い舟のような形の木の靴を履いて、勾玉《まがたま》の首飾りをして……。

興奮した先生は、それは天照大神ではないのか、ひふみちゃん、君はえらいところへ行ったんだね。そこは神界だよ！　と叫んだのでした。するとひふみは、

「そんなたいそうな……わたしそんなすごいところにいるとは思わないわ」

高林先生の興奮にはこだわらずに、

「わたし、今までは一番下ッ端《したっぱ》だったんだけど、今度、新しい人が来たの。それでわたし、ちょっと上ったの」

といって、高林先生が「新しい人？　新しい人というのは、どこかで死んだ人がいて、その人が来た、ということなんだね」というう ちに電話は切れたのでした。

その後暫く、連絡は来ませんでした。

「その後、かかりません」

と何度も高林先生は筆者にいいました。もう高いところへ上ったのだから、連絡が来ないのは当然のことだと筆者は思い、高林先生にもそういいました。けれども高林先生はその時は、「それはそうですなあ」といいながら、また暫くすると、

「やっぱりかかって来んですねえ」

とくり返すのでした。

高林先生はひふみの電話を常に待っているのでした。ひふみが上へ上ったとわかって安心すると、同時に先生にはこれで死後の世界について、ひふみからいろいろな情報を得られるという期待が膨らんだのでした。ひふみはどうしているかという気遣いよりも、天上界の実態を知りたい、知ることが出来るというわくわくする思いで今か今かと電話が鳴るのを待っているのでした。

その先生の気持は強い想念となってひふみに届くのでしょうか。忙しい医業の合間に時々生れる空白の時間に、先生は識《し》らず識《し》らずひふみのことを考えている。すると、まるで呼ばれたように電話が鳴ります。ひふみからなのでした。しかしその電話の声は以前のように明るいものではなく、

「あら？……先生？……かしら」

という眠たげな声なのでした。

「ああ、ひふみちゃんか……どうしてる？」

高林先生はつい大声になるのでしたが、

「あら？　わたし……どこにいるのかしら……」

ひふみは独り言のように呟いて、その気配はすーっと消えてしまう。

この話を聞いた時、筆者は思いました。今までは電話が鳴るので先生が出ると、一《いっ》旦《たん》お兄ちゃんが出ますが、すぐに「先生、ひふみです」という声に代ったものでした。それが今はいきなり「あら？　先生かしら？……」です。自分の方から呼んでおいて、「先生かしら」はないだろう。まるで自分の方が呼び出されたように。

筆者はその疑念を口にしましたが、先生はあまりピンと来ない様子で、それは多分、ぼくが「ひふみちゃん、どうしてるかなあ」なんて思っていると、その想念がひふみに届いて「呼ばれた」と感じるんでしょうな、と答えます。

そういわれればそうかもしれません。が、そうでないかもしれない。筆者にはどうも釈然としない感じが残るのでした。以前、ひふみの魂がお父さんの家にいる時にかかって来た電話は、同じこの地球上（三次元）にいる者同士ですから、あり得ることだろうと思えます。しかしひふみは今はお父さんの家を出て、霊界へ向ったのです。死者は霊界へ入る前に波動調整をするために精霊界という場所で波動を高める修行をした後、霊界へ行くということを筆者は聞いています。ひふみはその精霊界にもまだ到達していないのでしょうか、一説には人は死ぬと間もなく深い眠りに入らされる、ともいいます。それはこの三次元で経験した苦しみを忘れるための眠りだということです。その説を信じるなら、ひふみが「寝呆《ねぼ》けたような声」で「先生かしら？」といったという説明は頷《うなず》けます。

しかし、さかのぼって考えはじめると、疑問がいくらでも湧《わ》いて来るのです。例えば死者は肉体を失い魂だけの存在です。魂だけの存在に想念はあるとしても、なぜ「声」があるのだろう？

ひふみの魂がお父さんの家にいた頃、彼女が高林先生と話をするには、媒体が必要でした。そして幸か不幸か彼女の兄は稀《まれ》に見る強い霊媒体質だったので、ひふみ（の魂）は兄を霊媒として利用しようとしました。しかしそれには兄の身近にいる必要があります。ひふみが先生と話をするには、霊媒体質の兄に憑依《ひょうい》して、兄の口を借りてしゃべるしかないのです。彼女は自分で電話をかけることが出来ないので、東京にいる兄を（ひふみの魂がいる）実家まで呼び寄せるしかないのでした。ぼくは東京へ出てからは、夏休みと正月しか家へは帰らなかったんですが、なぜかこのところ、急に帰りたくなって、よく帰るんです、と兄が高林先生にいったことを思うと、それはひふみの想念が兄を呼び寄せているのに違いないと思われ、その想念の強さの並々でないことを思って、筆者と先生は言葉を失ったことがありました。

しかし今、ひふみはお父さんの家を離れて四次元へ行ったのです。この頃かかって来る電話の媒体は何なのでしょう？　ひふみが怪訝《けげん》な声で「あら？　先生かしら？」といったということの事実から考えると、どうしたって彼女からかけた電話とは思えない。

ああ思いこう考えますが、いくら考えたところで所詮《しょせん》、三次元に生きる我々には三次元の常識、ルール以外のことは何もわからないのです。それでも高林先生と筆者はあれやこれや、乏しい知識を総動員して思いつくままに類推し合ったものです。どれもこれもありそうでいて、なさそうでした。三次元ではなさそうでも四次元ではあるかもしれないのでした。この無限の、しかも緻密《ちみつ》な宇宙の仕組についていい加減な想像を廻《めぐ》らすのは児戯に等しいと思いながら、我々は飽きずにしゃべりつづけ、最後に辿《たど》りつくのは、ああ、中川先生がいて下さったら……相曽先生が存命なら、といっても詮ないことをいい合うしかないのでした。

筆者は三十年前、北海道の小さな漁港の丘の上に建てた山荘で、理不尽に日本人に殺戮《さつりく》されたアイヌ民族の怨念《おんねん》に悩まされ、その時高林先生の紹介で相曽誠治師によって怨念が鎮《しず》められたことをきっかけに筆者は師の門下生というほどの立場ではないのですが、折にふれて指導を仰ぐようになっていました。

世間には霊視、霊聴、予知予見など、それによって人を苦しみから救う能力を持って生れ、その力が「霊能者」という職業になっている場合があります。相曽師も強い霊能力の持主でした。しかし師の場合、霊能は職業ではありませんでした。北海道の山荘のアイヌの怨念は師の長い祈りで鎮静しましたが、その時師は八十五歳で、心臓にはペースメーカーが入っているということでした。師は筆者の山荘の異常を高林先生から聞くと、やや沈思してから、

「それではわたくしが参りましょう」

と一言いわれ、浜松市からはるばる北の国まで足を運んで下さったのです。一泊されても、謝礼のたぐいは全く受け取られませんでした。

いったい相曽師は何の収入で暮しておられるのか、筆者と高林先生はいつも不思議に思うのでした。筆者が無理やりに渡す謝礼はいつも「ではこれは皇大神宮にお納めしましょう」といって受け取られるのでした。浜松市には夫人と一男一女がおられるということ以外に我々は何も知りませんでした。

筆者は時々師の「日本伝統文化研究会」と称する講話の集りに出かけましたが、師の講話は難解で基礎知識のない筆者には、わかろうとするための辛《つら》い緊張の時間でした。

その講話の内容の広汎《こうはん》なこと、それを支える知識の量をここに伝えることに筆者の力は及びません。ある時は「瀕死《ひんし》の地球文明を活性化し救うものは何か」という研究であり、ある時は「天孫降臨の御神勅に関する歴史観。高天原《たかまがはら》に関する正しい歴史観」。またある時は「二十世紀文明を反省し太古の文明を省みて原点に立ち返ろう」、道に迷った時は原点に戻れば救われる、それが祖神の訓《おし》えであるという呼びかけで、すべて明快な熱い皇国史観から出ているのでした。

かと思うと急に砕けてイギリスのダイアナ妃の不幸を悼《いた》む話題になり、妃はその歩調を太陽系宇宙のリズムに和して万事控え目に慎重に行動するべきであったという話から、日本の超太古文化が訓える造化三神の「螺旋《らせん》渦巻原理による生命回転原理と生命との関係」という難解なテーマに入って行くといったあんばいで、そこから更に太陽をはじめ大宇宙内のすべての生命体は、火星、水星、金星、木星、土星、天王星、海王星、冥王星《めいおうせい》、月のような巨大なものから、分子原子素粒子バクテリヤウイルスに至るまで、すべて渦を巻き螺旋活動を行っている。宇宙は渦を巻きながらそれぞれの空間で生きており、他を侵すことはない。それはなぜか、という解明へと話が及んで行くのでした。

難解な師の講義は筆者には苦痛でした。けれども静かに穏やかに訥々《とつとつ》と説かれる師の姿に触れていると、それだけで筆者は浄化されて行くような気がしたものです。そしてただ一つ、「波動」という言葉が深く染《し》み込んだのでした。明治、大正、昭和の初め頃に来日した欧米の知識人たちは（例えばアインシュタインもチャップリンもラフカディオ・ハーンも）、日本人の礼儀正しさや親切や謙遜《けんそん》やよく働き我慢強い姿を見て、精神性の高さに感心したといいます。日本人は矮小《わいしょう》なただの働き蜂《ばち》じゃない、欧米に比べて文明は遅れているけれども、貧しくとも国を愛し日本人であることに誇を持つなど、素朴な美徳を備えている民族として、人々に認められていました。しかし科学文明の進歩につれて、高かった波動は物質的価値観の波に呑《の》み込まれて、かつての日本人特有の美徳の数々はいつか溶け消えようとしています。

科学がめざましい発展を遂げて行く一方で、地震や豪雨、長雨、洪水などの自然災害が頻発しています。そのことと、日本人が精神性を捨てて、物質の充足のみを目指すようになり、神を「頼みごとをする」だけの存在にしてしまったことに、関連はないのでしょうか。日本人一人一人の波動の低下は、国の波動を下げて行く。師はそれを大そう心配しておられました。

「私たちはそれを一所懸命に防いで来ました。しかしもう、防ぎ切れないのでは、というところまで来ています。こうしてズルズル落ちて行くのなら、いっそ早く、大きな壊滅が来た方がいいかとさえ思います」

そんな悲痛な言葉を出される時も、やはり師の語調は穏やかでした。静かに師はいわれました。

「壊滅が早く来れば、立ち直る時も早く来るでしょうからね……」

ある時、筆者は相曽師に訊《たず》ねたことがあります。それは三か月に一度、名古屋での相曽師の講話を聞く集りに出た時、浜松の自宅へ帰られる師と一緒に名古屋駅のプラットホームで「こだま」の来るのを待っている時でした。師と筆者はベンチに坐《すわ》っていました。その時、突然、我知らず筆者の口からこんな言葉が出たのです。

「先生、失礼ですが、先生はもしかしたら神界からおいでになったお方ではございませんか？」

すると相曽師は何のこだわりもなく、

「ハイ」

と頷かれました。そして普通、人が自己紹介する時と同じ調子で、

「わたくしは言向命《ことむけのみこと》と申します」

といわれました。筆者はべつだん驚きませんでした。「やっぱり」という思いでし

た。言向《コトムケ》という言葉を筆者は古事記の中で何度か見かけたことを思い出しました。力ではなく言葉で（説いて）従わせる、という意味だと推量していました。

一九九九年十二月三十一日。間もなく二〇〇〇年が始まるという時でした。相曽家では家族一同集まって年越そばを食べておられました。その途中、かねてから老衰で弱っておられた夫人が厠《かわや》に立たれたのを師は気遣い、様子を見ようと廊下を這《は》って行かれた。その途中で急に崩れ落ちて息が絶えたということでした。「廊下を這って行って」という説明に筆者は胸を突かれました。そこまで師が衰弱しておられたことを私たちは知りませんでした。日本の波動の低下を憂《うれ》い、私たちを目覚めさせたいという情熱の強さが、私たちに何も気づかせなかったのです。


中川昌蔵師の知遇を得たのはそれから間もなくでした。相曽師の時と同じく、高林先生の紹介でした。

相曽師とは違って中川師は能吏といった趣の、すべてに簡潔明晰《めいせき》な若々しい人物でした。相曽師より四歳ばかり年下で、その頃八十歳を越えておられたと思いますが、とてもそんな年には見えませんでした。

師は大阪の家電販売会社の創設者として成功され、六十歳の時に後継者に会社を譲って「大自然の法則と心の波動を上げる」活動に入られたということでした。そのきっかけは、ある日突然発熱して原因不明のまま重篤《じゅうとく》になり、臨終を迎えるまでになったことが始まりです。「ご臨終です」という医師の声が聞こえた時、暫くして、師の耳に「この者の命は終った」という声が聞こえたということです。それから別の声が、「しかしこの者にはまだ使命が残っている」といい、がやがやと互いに意見をいい合っている様子でした。それを聞いて師は、忘れていたことを思い出したのです。師の魂は大自然の法則を教え、魂の向上をはかることを人々に教える使命と目的をもって地上に転生輪廻《てんしょうりんね》して来たのでした。六十年間、実業に没頭してそれをすっかり忘れていたことを思い出すと、身体が震えて跳ね起きていたといいます。すると病気の症状は全くなくなり、原因不明のまま退院をされました。そして、繁栄していた会社を人に譲って、与えられた使命を全うする生涯に入られたのでした。

　その時、師は守護霊から二つの約束を求められました。第一は組織を作らないこと。第二はこの運動で報酬を得ないことでした。

「わたしは菩薩《ぼさつ》界から転生して来ておりましてね」

　中川師は淡々といわれました。まるで、「わたしは大阪から来ましてね」とでもいう時のように。我々は死ぬと、この三次元から四次元へ行きます。まず幽界へ行き、順当に行けばそこから霊界に向うのですが、霊界に入る前に精霊界という所で波動の調整をする。三次元世界で身についた欲望や情念を浄化する修行をするのです。霊界の上には六次元（神界）があり、神界の上、七次元が菩薩界です（菩薩界からこの世に来た方にマザー・テレサがおられます、と中川師はいわれました）。菩薩界の上、八次元世界は如来《にょらい》界です。如来界から更に上へ、九次元、十次元と連らなっているのだが、それ以上は我々にはもうわかりません。行き着く所は「天地創造神」になるのだろうけれど、そこまでは私なんぞにはわからんですな、と師はあっけらかんといわれるのでした。

我々がこの世に生れて来る目的は、「魂の向上」であって、楽しむためなんぞではないのでした。

「魂の向上とは波動を上げることです」と師は繰り返しいわれました。

相曽師が折にふれいわれていた「波動」という同じ言葉が、中川師の口から出たのです。お二人がこの世に転生して来られたのは、難解と平易の差はありこそすれ我々に「波動の向上」を促すという同じ目的だったことに漸く筆者は気がついたのでした。

「三次元の、見える物質世界も四次元の見えないエネルギーの世界も、すべて波動です。人間は肉体の波動、精神（心）の波動、魂の波動と三つの波動を持っています。

心の波動の高い人は心が広い人といわれ、魂の波動の高い人は徳のある人と尊敬される」

師の説明はいつも明快で平易でした。

「怒りや憎しみ、恨み、心配、イライラ、クヨクヨ、不平不満、人の悪口をいうなどの時は心の波動が低下する。悩み事のために心の波動が低い時に神仏に祈ると願いの波動は地獄霊に同調して、悩み苦しみが増大することがありますからね、気をつけて下さいよ」

中川師はどんな人にもわかり易《やす》く説明されます。

「波動を高めるにはどうすればいいかって？　ちっとも難かしいことじゃありませんよ。学問とか知識は必要ありません。ただね、人は一人では生きられない、生かされているということをよく認識してね、そのことに対して有難うという感謝の気持を表せばいいんです。感謝することで魂の波動は上ります。実に簡単なんですよ。死後の世界は波動の世界ですからね。波動の上下によって地獄界、幽界、霊界、神界と厳格に分けられています。死ぬとその者の魂は自分の波動と同じ波動の場所へ自動的に移動します。最近はね、人の心が乱れて、死んでから地獄界へ落ちる魂が多くなりましてね……今は楽しむために生れて来たと思い込んでる人なんか割合いましてね。政治が悪い。アレが気に入らない。コレが悪い。楽しいことは何もないと思うんですね。怒ったってしょうがない。自分で考え違いをしているだけなんでね」

そして死後のことについて質問した人に向って、あっさり答えられました。

「死後のことはね、情報として知ってればいいんですよ。そう詳しいことを知る必要はありません」

筆者は中川師に質問したことがあります。

「人間は魂と肉体で成り立っているということですが、魂はどこにあるんですか？」

すると師はすぐに答えられました。

「魂は人間の胃の後ろにあります。太陽神経叢《そう》にあります。感動すると人は胸にこみ上げるものを感じるでしょう。それは魂が胸にあるからですよ。魂は脊髄《せきずい》液と淋巴《リンパ》液を通じて肉体と連携し、脾臓《ひぞう》をアンテナにして宇宙エネルギーを吸収してるんです」

「はあ……」

としか筆者にはいえませんでした。中川師がいわれるからにはそうなのだろう、と思うのでした。目に見え、手に触れることが出来るものだけが存在するとは限らない。人間の目に見えない真実というものは間違いなくあるのだ、と筆者は清々《すがすが》しく納得したのでした。

二〇〇三年の晩春の一日、高林先生と筆者は中川師から大阪豊中《とよなか》市の自宅へ呼ばれました。師はいつものようにラフな開襟《かいきん》シャツ姿で客間に出て来られ、椅子に腰を下ろしながらいわれました。

「わたしは近々死にますからね。死んでも別にお報《し》らせしないし、葬式もしません。墓も造りませんからね」

そうして一枚の油絵を出して来られ、筆者に向ってさし出されました。

「これを記念にあなたにあげますからね、時々でいいから、これを見た時にわたしのことを思い出して下さい」

筆者は「はい」としかいえませんでした。我ながらこの場にふさわしくないヘンな返事だと思い、そう思いながら口に出た言葉は、「有難うございます」だけでした。一緒にいた高林先生も何もいえない様子でした。油絵は木立の間を岩にぶつかって流れる渓流で、とり立てて胸を打たれるというようなところはない、いつか見たことのあるような普通の絵のように筆者には感じられました。

「霊界の景色のひとつでしてね。霊界にはこういう場所もあるんですよ。この絵描きさんは時々、こうした絵を描く人でね。といってもべつに霊界を知っているわけじゃないんだけれども……」

さりげなくそう説明されただけで、師は別の話題に入られました。

師が帰幽《きゆう》されたことを高林先生から報らされたのは同じ年の八月でした。その月の十三日に亡《な》くならられたらしいんです、と高林先生はいいました。奥さまからの葉書でね、十三日に亡くなったということだけ、簡単に書いてありましてね。先生がいわれた通りにされたんでしょうね。あっさりしたものでした、と先生は笑っていました。

「先生はお幾つだったんでしょう」

「そうですねえ、八十八くらいですかねえ」

そういう先生の電話の声は中川師の愛弟子《まなでし》らしく、師の死を恬然《てんぜん》と受け止めた気配でした。

ひふみが不慮の死を遂げてから三年と半年近い月日が流れました。

その間、高林先生と筆者は相も変らず、ひふみについての類推に耽《ふけ》っていました。この広大な宇宙の仕組みや人間の生死について未熟な想像を廻らすのはばかげていると相変らずいい合いながら。しかし我々の間は今はその話題しかないのでした。

二〇一六年九月十五日、夜の十時頃のことです。高林先生の携帯が久しぶりで鳴りました。そして兄の声が「お久しぶりです」といいました。

「やあ、君か……」

先生はいそいそと高い声になりました。実際、先生はひふみの電話を待っていたのでした。今度電話がかかってきた時のために、ひふみに訊きたいことをメモした紙切が何枚か溜《たま》っていました。それを手にしながら、

「待ってたのさ。いろいろ話したいことがあってね」

何げなくいったのでしたが、兄の、

「そうですか」

という返事がなぜかその時、妙に白々しいように感じて、ふと、この医者はいい年をして死んだ妹といつもいつもいったい何の話をしてるんだろう？ と思っているような気がしたのでした。そう思ったにちがいない。実際そう思われても仕方ないと思うくらい、先生はひふみからの電話に声が弾んだのでした。

とっさに先生は兄の誤解を解かねば、という気持になりました。そしていきなり勢こんでしゃべり出しました。

「実はね。君は知ってるだろうけど、ぼくは医者のかたわら心霊の勉強をしていてね。死後の世界や霊魂のことなんか、世界でも研究書が幾つも出されているんだけれど、

ではどれが真実かというと読めば読むほどどれが正しいのかわからない。疑い出せばいくらでも疑えるしね。とにかくそこは、この世に生きている者には経験することの出来ない世界なんだから。意見は沢山あっても確証というものはないんだから」

いきなりの饒舌《じょうぜつ》でした。

「そこへ君も知ってるように死んだひふみちゃんから通信が来たんだ。はじめはびっくりして、とても信じられなかったよ。ひふみちゃんの声は生きてる時と全く変らないし、明るいし、抑揚もそのままだし、しかも一回だけでなく回を重ねて行くだろう。心霊学的には大変な事件だから、ぼくは興奮して、本気で取り組むつもりになった。君だってそうだろう？　はじめはうさん臭い話だと思っていたんだろうけど、そのうち信じるようになっただろう？　これだけつづくと信じない方がおかしいくらいだ。もっとひふみちゃんから向うの世界について聞き出したい。ぼくはそう思うようになったんだ。日本中、誰も知らないことを知るチャンスだものね。だからぼくはひふみちゃんの電話をいつも待ってるんだ。君はどう思ってるのかわからないけれど、何もわからないままに霊媒の役目をさせられてる君には悪いと思うんだけれど……」

その時です。電話の向うから、シクシク泣く女の泣き声が微《かす》かに聞こえて来たのは。

「あれ？」

先生はいいました。

「ひふみちゃん？」

答えず、すすり泣きが少し近くなりました。

「ひふみちゃんかい？」

そういってから高林先生は、電話の相手は兄からひふみに代っていたことに気がつきました。

「先生……」

ひふみの涙声がいいました。

「先生、わたしはね、先生。わたしは今まで、先生はわたしと話をするのが楽しいから、それで相手をしてくれるのだと思ってました……そんな……心霊の研究のためにわたしの相手をしてくれていたなんて……ちっとも知りませんでした……」

ひふみちゃん——我知らず高林先生はその名を呼びましたが、動顚《どうてん》して言葉がつづきません。

「わたしはね、先生。わたしは誰かに強制されてこうやってるんじゃないですよ。なんかよくわからないけれど、『ひふみちゃん、ひふみちゃん』って先生の声が聞こえるから、それで起きたら……先生としゃべってるわけ。先生としゃべってるとやっぱり昔、生きてた頃のことが思い出されて楽しいの、楽しいからしゃべってるだけ。それだけ……」

「ひふみちゃん……」

名前を呼ぶしかないのでした。いわなければならないことがどっと押し寄せて来ますが、どこから話を始めればいいのかわからない。

「あのね、ひふみちゃん。聞いてくれる？」

やっというのをひふみは聞かず、泣きながら言葉をかぶせてきます。

「先生、もう、わたしのこと呼んだりしないで下さい。もうわたしは先生とはお話しませんの……これでおしまいにします」

「もしもし、もしもし、ひふみちゃん！」

高林先生は無我夢中で大声を上げました。

「待ってくれよ……ひふみちゃん……」

電話の向こうの気配はもう消えたのか、沈黙しているだけなのかわからぬままに高林先生はかまわず叫びました。

「そんなつもりじゃないんだよ、誤解だよ、誤解……」

すると遠くひふみの声が聞こえて来ました。

「わたしはなにも、誰かに強制されてこうやって話してるわけじゃないんです」

「それはわかってるよ、わかってるから……ぼくだって、よくわかってるから、だからそのつもりで」

　ひふみはその言葉を打ち切ろうとするように、

「わたしはね、先生。先生としゃべっていると、やっぱり……楽しいから……そう思ってしゃべっているだけなのに……」

　そうして、しゃくり上げ、泣き声になって、

「先生、もう、わたしのこと、呼ばないで。わたし、もう、先生とはお話しません……」

　そうして、いい切りました。

「……これで終りです……」

「ひふみちゃん！」

　高林先生は叫んだだけでした。ひふみがいなくなったことは電話の向うの異常な静寂でわかりました。それでも先生は電話を切ることが出来ずにしゃべりつづけました。

「そういうふうに捉《とら》えてもらったらぼくは困るんだけどね……そういう意味でひふみちゃんと話していたんじゃないんだよ。誓っていう。ただ、お兄ちゃんにはね、ああ

いうふうにいったんだ。いってしまったんだ。お兄ちゃんがいつまでもぼくらがこうして話し合ってることをへんなふうに思うといけないと思ったものでね。つい、いってしまっただけでね……」

するると突然、

「あ、何ですか？」

と兄が出て来たのです。

「ああ、君……」

高林先生は取り縋《すが》るような思いで呼びました。

「君は眠ってたんだろうから何も知らないけど、さっき、ぼくが君に話したこと……ぼくは向こうの世界のことを知りたいためにひふみちゃんの相手をしているのだって、そういう意味のことをいっただろう。それをひふみちゃんは聞いてたんだよ。そして怒って、泣いたんだ」

「えーっ、泣いた？」

兄はびっくりしました。

「ひふみが泣いたんですか？」

「泣いて、ぼくをなじったんだ」

「ふーん」

と兄は嘆息を洩《も》らし、

「ひふみは小さい頃はよく泣いてたけど、成長してからは滅多に泣かなくなってました。……うーん、泣いたのか……」

感慨に打たれて言葉を切ってから、兄はいいました。

「じゃあもう、連絡して来ないですね……」

今どきの若者らしくさっぱりと結論をいいました。

「するとぼくが先生と話をするのもこれが最後ですね」

高林先生は何もいえませんでした。いつ電話が切れたのか、気がついたら電話の向こうには怖《おそ》ろしい静寂が広がっていました。高林先生は筆者にそういいました。ほんとうに怖ろしい静寂だった、と。

5

高林先生と筆者との電話は間遠になりました。ひふみからの連絡がなくなれば、そう度々電話をし合う必要はないのでした。それでも時々は格別の用件もないままに、電話をかけたりかかって来たりしていましたが、話が終りに近づくと必ずどちらかが、いうのでした。

「ところであれから何も連絡はありませんか？」と筆者がいったり、先生が「終ったんですねえ。何の気配もないですよ。もう……」といったりして、ひふみの話題はまるで芝居のようにくり返されるのでした。しかしそこからの会話には新しい進展は何もないのです。

「何だったんでしょうねえ、あれは」

と決り文句の詠嘆を交し合って、電話は長くなるだけでした。

思えばひふみが腹を立てて切ってしまった最後の電話、あれはまだ暑さの残っている九月の中頃のことでした。少しずつ暑さが遠のいていき、空気が冷たく澄んで来て秋が過ぎ、早い冬が来て粉雪の中で年が改まりました。ひふみが事故死したのは二〇一三年の四月四日です。あれから間もなく五年目にさしかかろうとしています。

「もう何もいって来ませんか？」

「来ませんね。あれっきりです」

電話の度に交していたそんな会話も、もう交さなくなりました。

「ぼくは長い夢を見ていたという感じです。あれは本当にあったことなのか、ぼくの妄想なのか、わからなくなる。この四年、ぼくの頭はおかしくなっていたんじゃないか？　真剣に思い悩む時があるんですよ。ぼくという人間は二つに分裂していて、医者としてのぼくは形骸《けいがい》だった。あとの半分、ぼくの魂は異次元を彷徨《ほうこう》していた。女房も子供らも患者も友達もみんなは習慣的にぼくの形骸を別段へんだとも思わないで普通に接していた……」

「じゃあ私はどうなるんですか？」

筆者は先生の言葉を打ち切っていいました。

「先生と一緒に、同じようにひふみちゃんの電話や、お兄ちゃんのことや、隣の犬のマロンのことも全部、私は信じていますよ……」

先生はそれには答えず、

「正直にいって下さいよ。ぼくの頭はおかしいと思ったことは一度もなかったか。一度くらいはあったんじゃないですか？　しかし、こういう病人には逆らわないで話を合せておくのがいいと考えて、調子を合せて下さってたんじゃないんですか？」

「先生がおかしいとしたら、私も同じようにおかしくなってるってことですよ。私は先生のいわれることすべて、一から十まで信じました」

いったいいつまで我々はこうして、同じことをくり返しいい合っているのだろうか。いくらしゃべってももう何の進展もないことはわかっている。たいてい疲れて飽きが来て、少しずつ薄れて行きそうなものなのにと、さすがに筆者は思うようになりました。

そんなある日、突然、高林先生はいいました。

「ぼく、興信所に頼みました……」

「えっ、興信所？……あの興信所ですか。探偵が秘密で人のことを調べたりする……？」

「ひふみちゃんの家の住所と電話番号、それだけでいいから知りたいと思ってね」

先生はいいました。

「ある女の子が通っていた高校の名前と生年月日、何年に卒業したかということ、それだけしか材料はないんだけれど、調べてもらえるかって訊《き》いたら、やってみますっていうもので」

そういう先生の声にはちょっと自嘲《じちょう》的な笑いが滲《にじ》んでいるようで、

「今日、その返事が来たんですがね……」

そういって言葉を切ったままなので、筆者は促しました。

「それでわかりましたか、何か……？」

先生は短かく、「駄目でした」と答えました。

「わからないというんです。学生名簿を手に入れれば簡単だと思っていたんだけれど、今は個人情報ってものが厳しく取り締まられていて、そんなこんなで無理だったというんです」

「名簿に頼るだけじゃなくて、何かあるでしょうに、やり方が」

と、筆者の口調は強くなりました。ひふみへの関心は薄れかけていたのですが、こうなるとやはり引き戻されて揺れるのでした。

筆者の方は薄れていましたが、先生の気持は薄れず、ひふみのお母さんに会いたい、会って一部始終を話し合いたい、線香の一本も立てさせてもらいたいと思うようになっていました。先生は弁解するようにいいました。

「ぼくはこのまま終ってしまいたくないんですよ。心霊を研究して来た者として見過すわけにはいかんのです」

高林先生の大学時代からの親友で、今は精神科の大病院の院長である池上先生について は、前にお話ししています。高林先生と池上先生はどんなことでも打ち明け合う仲でしたが、しかし、このことだけはいえんのです、と高林先生はいっていました。女房にもいえんのです、いうと頭がおかしくなったと心配するでしょうからね、と。

けれども高林先生はもう黙っていることが出来なくなったのでした。筆者一人を相手にしているだけでは何も変らないのです。筆者以外の人に話すことで、何か新しい風が吹くかもしれない、いや、吹いてほしい、という気持が湧《わ》いて来たのでしょう。高林先生はまず池上先生に話しました。池上先生は何ひとつ疑わず、科学者らしく冷静に考えを述べました。

君の頭は確かだ。事実、そういう電話がかかって来ていることは信じるよ。しかしかけているのは死人じゃない。生きてる人間の仕業だよ。そして池上先生は「ミュンヒハウゼン症候群」という病名を口にしました。そういう精神疾患があるのさ。以前、ぼくの所でもその患者に困らされたことがある。作り話をまことしやかにいい立てて、いっているうちにそれを真実だと思い込んでしまう病気だよ。我々はわかり易《やす》く「嘘《うそ》つき病」と呼んでいる。小説にあるだろう。「ほらふき男爵《だんしゃく》」って奴《やつ》。アレだ……。池上先生は確信をもって断言しました。これはひふみとお兄ちゃん二人がいるんじゃない。一人で二役をやってる……女だろうね。

そういわれてみると、兄とひふみの声はそっくりだった、と高林先生は筆者にいうのでした。性は違っても血の繋《つな》がりってやつはやっぱり強いと改めて感心したくらいでね。

高林先生は考えに考え、あまりに思い詰めて自信を失いかけているように見えました。

筆者はすぐ反論しました。頭に閃《ひら》めいたのは、ひふみが死んだことがわかった後、先生は位牌《いはい》代りにひふみの名前を書いた短冊《たんざく》を立てて玉露を淹《い》れ、たまたま患者から貰った「東京ばな奈《な》」を供えて線香を上げたという話でした。するとその後何日かしてから、ひふみから電話が入って彼女はこういったということでした。

「この間はご馳走《ちそう》さまでした。とってもいい香りの甘いおいしいお茶でした。それに東京ばな奈はわたし、大好きなんです」

ミュンヒハウゼン病の女がその事実を知っている筈《はず》がないのです。それは高林先生以外に誰一人知らない話です。

「確かに」と高林先生はいいました。

「あり得ない話です。ミュンヒハウゼン病だなんて」

そしてつけ加えました。

「そう思ってはいたんですが……」

そう思いながら、しかし黙殺はしたくなかった……。何でもいい、高林先生は新しい考え方が欲しかったのでしょう。

池上先生に洩《も》らしたのがきっかけになり、高林先生は何人かのお仲間に話すようになりました。話して、新しい反応がくるのを待ちたいようでした。しかしその期待は多くの場合、失望に変りました。話を聞いた大方の反応は驚きもせず疑いもせず、軽《けい》蔑《べつ》さえもしませんでした。高林先生の真直で無邪気な人柄を知っている人たちは、この「事実」なるもののどこかに先生の独断があるように思ったのかもしれません。高林先生の真剣な、一所懸命な説明に向って、批判、否定、反論、黙殺、何も出来なかったのだろうと思います。誰もが、

「そんなことって、あるのかねえ」

と不思議がってみせただけのようでした。

それが「普通」なのです。霊魂について本気で考える必要は「普通の生活者」にはないのです。

しかしそのうち、心霊関係の知人からこんな話が入って来ました。ある有名な女性の霊能者にこの件を霊視してもらうと、ものすごく大きな真黒な狐霊《これい》が、真赤な大口を開けて愉快そうに笑っているのが見えたという報告だったそうです。その女性霊能者はもの心つくかつかぬかの頃から並々でない霊能力があった人物で、その後も修行し豊かな経験を経ていて人格も温厚なので、相談した人はみな満足して信頼するようになるということでした。

宇宙空間には我々には見えない様々な霊魂が浮遊しているということです。死んだ人間の未浄化霊や悪霊《あくりょう》、我々が見たこともないような妖怪《ようかい》もいるそうです。そして動物霊の一つとして狐霊がいます。その他に蛇霊《じゃれい》、狸霊《りれい》などもいる。

狐霊は悪戯《いたずら》が好きで、悪戯をされた人間が困っているのを見て面白がるといわれています。昔は山里などで「狐《きつね》に化かされた」という話をよく聞いたものです。夜道を帰って来た男が、田圃《たんぼ》の肥溜《こえだめ》に浸《つか》って温泉気分になっていた、などという話で、それはすぐに面白半分、退屈しのぎの作り話ではなくて実例のある経験談として伝わり広がりました。そして狐は人を騙《だま》す悪い動物と決めつけられましたが、狐と狐霊とは違うのです。動物の狐が死んでその魂が狐霊になったのではないのです。おそらく狐霊を霊視すると獣の狐に似ているのでそう呼ばれるようになったのではないか……これは筆者の勝手な私見ですが、同じことは蛇霊にも狸霊にもいえるのではないでしょうか。

自然霊の中には動物霊のほかに天狗《てんぐ》がいます。竜神も自然霊です。精霊もそうです。良いものも悪いものもいる。最高の自然霊が神です。

高林先生は狐霊の仕業と聞いて、憤懣《ふんまん》の面持ちでした。浮遊霊や動物霊に憑依《ひょうい》されるのはその人の波動が低いために、同じように低い波動のものと波動が合うからだ、という通説があるのです。しかしよく考えると先生は憑依されたのではなく、ただ悪戯をしかけられているだけなのです。憑依なら先生の人格は狐霊に乗っ取られて変化する筈です。先生は変っていません。変化があるとすれば、ひふみの死にまつわる異常事態が、先生の想念に緊張を与えているための何らかの、いうにいえない焦燥のような表情が現れることだったかも知れません。

結局、高林先生は黒い狐霊説を黙殺しました。それで筆者もそうしました。黒い狐霊はなぜ先生に悪戯をしかけたのか、何かの因縁がそこにあるのか、それはわからない、と霊能者はいったそうです。なぜなんだ、なぜぼくなのか、と先生はくり返しました。それがわからない限りはどうすればいいのか、わからない。改めようがない。考えようがない。わからないことは聞かなかったことにするしかないのでした。

高林先生はある霊覚者の著書を読み、その人物に相談の手紙を出すことを思いつきました。その人物はX県の山里に住み、霊能を営利目的にせず、農耕をしながら頼まれれば相談に応じる。しかし面接はしない。電話にも出ない。連絡は手紙に限られていて、謝礼のたぐいは一切受け取らないとあらかじめ明言されています。

先生は事情のあらましをしたためた手紙を送りました。すぐに返事が来ました。挨《あい》拶《さつ》なしの、いきなりの文面でした。

「それが起きた時期の、家族や友人、同僚や親戚《しんせき》のことを思い出してみてください。からかい、いたずらの可能性もあると思われます」

とあり、その後に一行加筆されています。

「正しい神は人を惑わすようなことはしません」と。

高林先生はすぐ筆者に電話をかけて来ました。支《つか》え棒を外されたようですと先生はいい、

「これがホンモノなんでしょうかね？」

と気落ちした様子でした。しかし気を取り直して先生は返事を出しました。

「お返事有難うございました。つまるところ、ひふみという娘は生きている。生きた人間のイタズラであったという解釈になりますか？　それとも狐霊などにからかわれたのでしょうか？」

すぐに返事が来ました。

「当時のあなたの精神状態を思い出しましょう」

もう何もいえませんでした。どこまで行ってもわからない。わかろうとする方が間違っているような気がして来ました。

「当時の精神状態を思い出せといわれても」

先生は憮然《ぶぜん》としていいました。

「これはいったい何なんだろう、わかりたい、それだけでしたよ」

高林先生は霊能者に頼ることはやめて、振り出しに戻って考えることにしました。

二〇一三年三月三十日、関越自動車道で起った交通事故は本当にあったのか？　そこから調べにかかったのです。先生は当時のN県の新聞を手に入れられるだけ取り寄せました。ひふみが乗った車はB市からC市へ出て、関越自動車道へ入ります。事故は自動車道のどの辺で起きたのでしょう。自動車道はN県からG県へ入ります。G県からS県を通って東京に入ります。それを考えると、N県の地方紙だけでなく、他県の新聞も調べなければならない。しかし三月三十日以後のどの新聞にも事故の記事はないのでした。

先生は県警の上層部に知人がいるのを思い出し、その知人に頼んで事故や救急車出動の記録を調査してもらいました。しかし記録はどこにもないということでした。せめて事故の場所でもわかれば搬送された病院の見当がつくのですが、全く、何ひとつ手がかりらしいものは見つかりませんでした。

事故の時、兄は東京にいました。だから詳しいことは兄も知らないでしょうが、病院の名前くらいは覚えているだろう、そう先生は考えて兄からの電話を待ちました。しかし兄からは沙汰《さた》のないまま、日は過ぎて行きました。こちらからかけるにも兄の携帯番号がわかりません。かかって来る時はいつも「非通知」だったからです。

非通知と聞いて筆者は驚きました。こんなに親しく始終電話で話していながら、自分の方は教えまいとしているようなのはなぜなのでしょう。

「先生は訊《たず》ねられなかったんですか？　番号を」

筆者はつい咎《とが》める口調になったのでしたが、高林先生は「それがねえ」と困り切った声で、「訊いたんだけど、教えないんです。何のかのいって」といいます。

「何のかのって？　何ていうんですか……」

「そのうち教えます、とか」

「なぜ、そのうちなんです？　今じゃなぜ駄目なんだって、おっしゃらなかった？」

「いや、ぼくは根ホリ葉ホリするのが嫌いでねえ。池上にもこのことは責められたんですがね。いわないものはしょうがない……」

「住所は？　わかってるんですか？」

「わからんですねえ」

先生はまるで自分が責められているように、弱々しく呟《つぶや》くように答えるのでした。

非通知の話を聞いて池上先生は兄の調査をする気持になりました。どうも怪しい、臭い、というのが池上先生の口癖になりました。先生には二人の子息がいます。次男のS君はK大学医学部でした。ひふみの兄はひふみより四歳年上と聞いていましたから、S君の一年上らしいということになり、先生はS君に頼んで、一年上に舟木圭太郎という学生がいるかどうかを確かめてもらいました。

すぐに返事が来ました。S君の一年上に親しくしている学生がいたのです。舟木という学生はいない、という返事でした。念のために池上先生は医師仲間を通して医学部教授に訊ねてもらいました。やはり「いない」という返事でした。

池上先生は次の手を打ちました。

兄は県下で有名な中高一貫の進学校を卒業している秀才だと、高林先生はひふみから聞いていました。池上先生はその高校の卒業名簿を調べることを思いついたのです。池上先生はまたS君に頼んで、卒業名簿を手に入れようとしましたが、例の個人情報保護法の関係で名簿は作成されていないということでした。

池上先生がむきになって次の手を考えている時、ひょっこり兄から高林先生に電話がかかりました。以前と変らない礼儀正しいのどかな声がご無沙汰しました、というのを聞くと、高林先生は思わず声をはり上げていいました。

「待っていたんだよ、君……」

「はあ？　何ですか」

あっけらかんと彼はいいました。

「君は……K大の医学部なんかにいないじゃないか。調べたんだよ、調べたらいない……どういうことなんだよ！……」

「ああ、そのことですか」

たいしたことはないというように、彼はいいました。

「ぼく、退学してたんです」

「退学してた？　いつしたんだ……」

「大分前ですけど。ぼくはどうも、あの学校とは合わなくて」

「合わない？」

高林先生は耐えに耐えていた憤懣が爆発して、

「何なんだ、君は……」

声が掠《かす》れたままふるえたといいます。

「合わないとはどういうことなんだ。それは何かい……お父さんも同意されたことかい」

「いや、父は知りません」

「き、君は勝手に辞めたのか？」

「え、まあ……そうです」

「何なんだ君は……何を考えてるんだ……」

先生は裏返った声のまま叫びました。

「お父さんは君がひとかどの医者になるのを楽しみに、一所懸命に働いて学費を送っておられるんだぞ。その気持ちも思わず、黙って、勝手に退学して……それで何か……何も知らずに金を送ってくるお父さんのことも思わず、君は平気でその金を……何に使ってるんだ！　心が痛まないのか、えっ？　何をしてるんだ……何をしたいというんだ……」

しゃべるにつれて増幅する憤怒《ふんぬ》のために先生の声は詰まって、我ながら何をいっているのかわからないような、情けない悲鳴になったということでした。

ぼくにも息子がいますからね、と後になって先生は筆者に述懐しました。父親というものはどんな気持で息子を育てているか。簡単にはいえません。父親ならみなカッとなりますよ。他人《ひと》のことでもぼくは許せん……だから怒鳴りまくったんです……。

それに対して兄は何もいえなかったそうです。先生は憤怒の力にまかせて電話を切ったのでした。

「これで終りですか？」

筆者がいうと、

「そうでしょうな」

投げやりにいいました。そして力が尽きたように電話は切れたのでした。

我々の間では、改めて兄の存在に疑惑が生れました。どう考えても彼はわけのわからぬ存在でした。池上先生は私たち二人よりも前から疑惑を抱いていて、その実在を確かめるために、K大医学部や、兄が出たという名門校の調査に手をつけたことは前にお話しています。K大医学部にその名の学生はいないという返事に一旦《いったん》は色めき立ったものの、それは「退学していた」のひとことで納得させられ、名門校の方は名簿が手に入らないということで曖昧《あいまい》なままに終っています。

我々がこだわったのは、なぜ電話を非通知にしてかけてくるのか、ということでした。非通知にする理由を高林先生が問うても、「いずれそのうちに」というだけで、彼は一向に改めない。非通知にしているということは、こちらからの連絡を拒否しているということです。自分は電話の中にいて、勝手な時だけかけて来る。声だけです。顔を見せようとはしない。なぜでしょう？

次におかしいのは、住所を教えないことです。彼が今住んでいる東京の住居だけでなく、実家のお父さんの住所もわからないままです。訊くと「いずれそのうちに」といってごま化してしまうのだそうです。高林先生は「君に会いたい、会おうじゃないか、ひふみちゃんのこともいろいろ話したいし」といったのですが、それに対しても「そのうちに」でした。「いろいろあって」とか「忙しくて」と曖昧にいってうやむやにしてしまう。

　高林先生は彼の電話番号や住所をどうしても知りたいというわけじゃないのです。いいたくないのなら無理はいわない。しかしなぜいえないのか、いいたくないのか、その理由を話してほしい。我々は昨日今日のつき合いではない。交流するようになってから、三年も四年も経《た》った今になってもまだ、一方的な連絡の形のままでいるのは不自然ではないか……先生がそういって迫ると彼は、もっともです、と素直にいいながら、「だからそのうちに」と軽くいうだけで黙ってしまう。筆者と池上先生はそんな高林先生がもどかしく、なぜもっと強く追及しないのか、と非難めいた気持を抱くようになったくらいでした。高林先生の方もそんな我々の不満を察知して、そういわれてものらりくらりでして、いわないものをしつこく追及するのはそう簡単なものじゃないですよ、と困惑が高じて、腹を立てたようにいうのでした。

「一体、何なんだろう、これは」

　私たちは嘆息していうのでした。それは死んだひふみから電話がかかるようになったあの頃、折りにふれていい合った言葉です。それをまたくり返すようになっているのでした。

高林先生が憤慨のあまり怒鳴りつけたあの日からひと月近く経った頃でしょうか。この頃は間遠になった高林先生からの電話が久しぶりで入りました。

「来ましたよ……かかって来ましたよ」

主語抜きでも、すぐに筆者にはわかりました。

「来ましたか、お兄ちゃんから……」

「来ました。えらい真面目《まじめ》でねえ、礼儀正しく謝ってね。先日は失礼しました。いろいろ有難うございました、ってね……」

高林先生はいいました。

「高林先生、って改まって呼んでねえ。そしてこういいましたよ。先生のようにあんなに一所懸命に怒ってくれる人は、今まで一人もいませんでした……。生れて初めて怒られました。親父《おやじ》からもあんなふうに怒られたことはありません。あんなに頭ごなしに……ってね。いっているうちに涙声になって、絶句したと思うと、啜《すす》り泣きが聞こえて来ましてねえ……」

高林先生は情熱家らしく声を潤《うる》ませ、

「これまで彼に抱いていた不信感とか、怒りとか、ああもいってやろう、こうもいいたいと思っていたことがかき消えましてねえ……言葉が混乱して、いいたいことがうまく出て来んのですよ……」

「わかりますよ。先生はそういう方です」

「いや、いや、それがねえ。まあ、ぼくとしては感動したんですな。この機会を逃さず、虚心坦懐《きょしんたんかい》に彼と話をしようと思ったんですがね……K大を退学したといっても今ならまだ復学は可能だと思ったので」

しかし先生が口を開くより早く、彼はいったのでした。

「しかし、ぼくは……もう後戻り出来ません。進むしかないんで……このまま進みます」

何に向って進むのか。質《ただ》す間もなく、何もわからないまま、電話は切れていました。

「これで終りでしょうか」

と筆者はいいました。「そのようですね」と先生は受けてから、「しかし、まだわかりませんよ」といい直しました。

おそらく先生はこれからも、彼がどういう人間なのかわからぬままにずっと待ちつづけると思います。

筆者の記述はここで終ります。

この記述に結論はないのです。

わからないことだらけで終ります。

結論のないものをなぜ書いたかと迫られると困ってしまいます。

多分、実際にあったことだから書いたのです。書きたくなった、書かずにいられなくなったのです。書けば何か見えてくるものがあるかもしれないと思ったのです。

書き終りましたが、何もわかりません。

書いても書いても、書けば書くほどわからない。

どうか筆者に何も質問しないで下さい。

何を訊かれても答えられません。

ひとつだけ、はっきりいえるのは「死は無ではない」ということです。

死は人生の終点ではない。

消滅ではない。

肉体は消滅しても魂は滅びない。死はつづく世界への段階です。

魂は今生《こんじょう》で染《し》みついた波動を持ってつづく世界へ行きます。

それだけを知っていればいい。

それ以上のことは知らなくていい。

それはどうやら天上界の意図のように思われます。

何もかもすべて細大洩らさず知る必要はない。知らないことがある方がいいのかもしれません。


二〇一八年の春も過ぎて行きました。

あれから五年の歳月が流れました。

高林先生に起きたことすべて、右往左往せず、四の五のいわずそのまんまを受け容《い》れる――。

それでいい――。

今はそう思うだけです。

「いったい何だったんでしょう、アレは」

「全く……。夢の中にいたようですね」

この後も私たちは折りにふれ、そうくり返すことでしょう。

いつまで？

いつまででしょう。それもわかりません。

死ぬことを学ぶことによって汝《なんじ》は
生きることを学ぶだろう。
死ぬことを学ばなかったものは
生きることを何も学ばずに
死ぬことになるだろう。
「チベット 死者の書」より

新月の夜の電話

室井滋

数年前のある日――。

「佐藤先生が室井さんと少しお話できないかっておっしゃってるんですけど」

S社の連載担当Kさんから、そんな電話をもらった。

当初は対談か何かの御依頼をいただけるのかと思った。何せ嬉《うれ》しい偶然で、敬愛する先生の御担当に私も面倒を見てもらっていたのだったから。

「勿論《もちろん》、私の方こそお目にかかりたいわ。昔に一度、対談をこちらがお願いしたことがあったの」

あの時の愛子先生のお美しい着物姿は、今もクッキリとこの目に焼き付いている。

ああ、またお話できるなんてシアワセ――！

さっそく手帳を開いて、スケジュールの確認をしてもらおうとした。ところがKさんはすっきりしない物言いに変わる。

「それがぁ……、仕事とかじゃなくて……私ね、室井さんに聞いてみたいことがあるの。電話かけてもいいかしら……って。内容は僕にはおっしゃらないんですよ……」

はて、何だろう？　先生が私に？？　私の郷里が富山だと何かで見掛けられて、ホタルイカや雷鳥や薬売りのことでも取材なさりたいのだろうか。

「どうぞどうぞ何なりと。お知らせ下されば私の方から御都合の良い時間におかけしますけど」

そんなこんなで、新月のひっそり静まりかえった晩に私は愛子先生にお電話を……。挨拶《あいさつ》もそこそこに、先生は本題に入られた。

「私ね、あなたが出てらした『ぶっちゃけ寺』っていう番組、見せてもらいましたよ。テレビ朝日だったかしら、お坊さんが大勢お話なさる番組よ。伊勢神宮の内宮、宇治橋を渡って、玉砂利の長い参道を進んで、正宮で天照大御神《あまてらすおおみかみ》様に手を合わせられた時のこと……。そう、あなたが二礼二拍手をしてお禱《いの》りされたタイミングで、突然に風が前から、さらに後ろからも吹いて御幌《みとばり》がめくれあがって、正殿が丸見えになったでしょ？　あんなこと普通ないのよ。それまでちっとも風なんて吹いてなかったもの、あれは自然現象じゃぁあないわよね。室井さんはどう感じられたの？」

先生の興味の的がホタルイカでも雷鳥でも薬売りでもないことに、私はちょっと戸惑った。

が、実は、そのＴＶ番組を観《み》た私の周辺では既に細《ささ》やかな反響が起きていたので、私は素直に当日の記憶を振り返る。

正殿前の石段を上がるにつれ、もう胸がいっぱいになったこと。手を合わせ目を閉じた瞬間に正殿の方から大きな風のそよぎをいただき、さらにその風に包まれたような気持ちになって自分の目からポロポロ涙がこぼれたこと。御案内の神職の方から「こんな大きな風は式年遷宮《しきねんせんぐう》の時に体験した以来です」とお話いただいたこと……等々。

「室井さん、天照様から御加護をいただいたってことね」

「いえ、私かどうか……。他にもタレントさんいらしたし」

「あなただわよ！　天照様からの風、あなた今もそんなふうに覚えてらっしゃるじゃないの。白い御幌が大きく舞い上がって、天照様の白い風があなたを包んだのよ」

私は先生からそうキッパリ言っていただき、あの参拝の日のように胸がいっぱいになった。何だか自分が本当に神様から声をかけていただいたようで、ありがたいやら誇らしいやら……。

ただし、この時に、先生御自身が何を考えて、いかなる心境でいらしたかなぞは、全く電話の会話からは知る由《よし》もなかった。

私はその後しばらく伊勢神宮の思い出を語り、先生のお宅に遊びに伺う約束を得て電話を切ったのである。

＊

およそ一週間後――。

愛子先生のお宅にお邪魔した私はかなり緊張していた。

お伊勢様の話題はもうすっかり尽きてしまっていた。お誘いを調子良く受け取りホイホイやって来たはいいが、私は大先生とどう接したらよいのやら……。急に焦《あせ》り出し、お宅近くの神社でお参りしてから伺った。まるで、何かの面接試験でも受けに行くみたいな心持だった。

私は先生に、自分がどんなに『私の遺言』に感銘を受け、助けられたか……先生の御苦労を想像すると自分の小さな悩みなど、悩みの範疇《はんちゅう》にも入らぬことを悟り、元気を取り戻せたことをお伝えした。

さらに、先生ほどではないけれども、私自身にも、以前より不思議な出来事が起こっているということも……。

愛子先生は、深夜番組で披露する私のネタのような話を、お嬢さんと一緒に大変熱心に聞いて下さるのだった。

何杯もお茶やコーヒーをお代りし、美味《おい》しいケーキやゼリーにも手をのばし、私が少しずつ打ち解けはじめた時だ。

「実はね……」

先生がポツリと前置きされ、それからお茶をひと口、咽《のど》へ流し込まれた。その場の様子が変わって、空気がキュッと引き締まった気がした。

「電話がね……かかって来るの」

「……は…あ、お電話……ですか？」

「私の友人の所に……」

「……はい。お友達の所へ……」

「若い女の子なのよ。友人はおじさん」

私は先生の御友人の何か込み入ったお話なのかと、相槌《あいづち》が打ち辛《づら》くなる。が、しかし……。

「電話はね、あの世からかかって来るのよ」

先生はそう言いながら、ちょっぴり笑っていらっしゃったと記憶する。今から思えば、あれは私をなるべく怖がらせないようにとの微笑《ほほえ》みだったに違いない。

「もう何度も何度も……あの世から。交通事故で亡《な》くなった女の子。ひふみちゃんて言うの。……『もしもし、先生（高林）、ひふみです』……って」

私は瞬《まばた》きするのを忘れ、しばし黙した。

オカルト系雑誌などでは、留守番電話に旅立った愛犬の鳴き声が録音されてるなんていう霊体験を見かけることもある。しかし、今、先生が話されているのは、極身近で起こっている継続中の出来事のようだった。

ああ、あの世からの電話とは、一体どんななんだろうか。

昔、大学生の時に、私は亡くした父の声を電話口で聞いたことがあった。

父は四十八歳という若さで突然に逝《い》ってしまい、まだ大人になりきっていない私は失意の底に沈んでいた。

当時、私の田舎では〝四十九日サービス〟のようなものがあって、四十九日の法要の日に電話口から亡くなった人の生前の声を再び届けるというものだった。

それが役所のサービスなのか電話局なのか、あるいはどこかの機関が町の人々の声を集めていたのかは、今となっては知りようもないが、私は夕暮に鳴った電話口から、父が何かの会合で喋《しゃべ》っている声を聞いたのだ。

「ああ、お父さん……、お父さんの声やぁ〜。お父さん、お父さん、何で死んでしもうたが？」

ほんの一分程の声であった。それでも私はもう胸がいっぱいになって、切れてしまった受話器をいつまでも抱き締めてすすり泣いてしまったものだった。

何せ当時の録音機能だから結構ノイズも入っており、勿論その声は生前のものでありつつも、私にはまさに〝冥界《めいかい》からの電話〟みたいに聞こえていたっけ……。

私は自分の頭の引き出しに仕舞ってあった遠い日の父の声を想《おも》いながら、先生に訊《たず》ねた。

「ひふみちゃんの声……、ハッキリ聞こえるんですかねぇ？　何か、あの世の雑音みたいなものとか……」……と。

「そうねぇ、あの世の雑音ねぇ」

先生は私の妙な比喩《ひゆ》がどこか引っかかったのか、今度はウフフと声をたてて笑われるのであった。

さて、二〇一八年の十二月、私は先生から贈っていただいた『冥界からの電話』をドキドキしながら読んだ。

途中、〝アマテラスオホミカミという言葉が持つ高い波動〟に関してや、〝伊勢神宮のご遷宮〟の話題が登場する箇所はちょっぴりワクワクしながら幾度も読み返したりした。

高林先生の身に起きたことが本当に冥界からのものなのか、あるいは本書に登場するお兄さんが〝ビリー・ミリガン〟のように多人格があらわれる虚偽性障害の人物なのか、悩ましい所で先生の筆は擱《お》かれている。

しかし私は思うのだ。

真実の裏にはまた別の真実が隠れ、その向うにまだまだ色んなことがあるのでは……。

だって、冥界なのだもの。

本書は先生が作家としてのしたたかな一面を決っして出されないとても誠実な作品で、それはひとえに、先生が目に見えぬ存在に対していかに真面目《まじめ》に向きあい考えてこられたかを示していると感じられた。

新月の夜に再び愛子先生と、この世とあの世の不思議をお話してみたいと思うのであります。

（令和三年六月、女優）

この作品は平成三十年十一月新潮社より刊行された。

冥界《めいかい》からの電話《でんわ》

新潮文庫　さ－20－4

令和三年八月一日発行

著者　佐《さ》藤《とう》愛《あい》子《こ》
発行者　佐藤隆信
発行所　株式会社新潮社

郵便番号　一六二―八七一一
東京都新宿区矢来町七一
電話 編集部(〇三)三二六六―五四四〇
読者係(〇三)三二六六―五一一一
https://www.shinchosha.co.jp

価格はカバーに表示してあります。

乱丁・落丁本は、ご面倒ですが小社読者係宛ご送付ください。送料小社負担にてお取替えいたします。

印刷・大日本印刷株式会社　製本・加藤製本株式会社

ISBN978-4-10-106414-7 C0195